JN188617

元カレ救急医のひたむきな熱愛

きまじめ彼女は初恋から逃げられない

★

ルネッタ🄛ブックス

CONTENTS

プロローグ		5
1.	忘れられない恋と予想外の再会	8
2.	募る初恋	45
3.	恋の成就と現実と	58
4.	ひたむきに口説かれ心揺れて	82
5.	眩しい朝と甘い日々の始まりに	201
6.	二人を分かつ者の正体	245
エピローグ		283

プロローグ

コレは一体どういう状況なんだろう。

タクシーの車道側のドアに張り付きながら、桜庭咲良《さくらばさくら》は思う。

頭を冷やしたくて窓に額を押しつければ、外の景色が目に入った。

二十二時近くだというのに人通りが多い。

飲食店の前に人が集まっているのは飲み会の帰りだろうか。これから二次会に行くメンバーを集めているらしき若い学生の集団が、見えたかと思うとあっというまに後ろへ流れていく。

とはいえ車の速度が速いとはいえない。進んでは止まり、また進むを繰り返している。

見れば長い車の列。そのうち結構な台数がタクシーで占めている。

けれど、そのどれも咲良が置かれているような奇妙な状況にないはずだ。

信号が変わったのか、突然車が動き出し、隣に座っていた男がずずっと崩れ咲良の肩に触れる。

男性らしく短くした髪の先が頬《ほお》をくすぐり、ついで熱い吐息が肌を撫《な》でたのに、どきりと心臓が跳ね上がった。

「ちょっ、高槻《たかつき》先輩!?」

声をかけるものの、相手は気持ちよさそうに寝息を上げるばかり。

咲良の代わりに飲んだ酒のせいか、それに入っていただろう睡眠薬のせいか。——あるいは普段から睡眠不足なのかもしれない。

そう思いちらりと目を横へ向ければ、ブランドショップの華やかなショーウィンドウの明かりに照らされ男の横顔が浮かび上がる。

薄暗い車内でもはっきりとわかる輪郭は鋭く、高い鼻筋は真《ま》っ直《す》ぐで歪《ゆが》みがない。

やや高めの頬骨《ほおぼね》から顎はすっきりしていて、二人が出会った高校生の時よりより大人っぽく研ぎ澄まされていて、それが野生の獣のような色気を感じさせる。

目は切れ長で端がわずかに上がっているが、量も長さも充分なまつげのせいで険が和らげられていて、どこか悪戯《いたずら》少年っぽい雰囲気もある。

その目が、笑うと目尻が下がりとても優しくなることを咲良は知っていた。

過去の記憶がふと泡沫《ほうまつ》のように浮かんで消えて、咲良はさらに鼓動を弾《はず》ませる。

自分の気持ちを認めたくなくて、わざと大きく深呼吸をして肩を上げ下げする。

が、それがいけなかった。

かろうじて触れるだけだった男——高槻敬真《けいま》の頭が、いよいよ肩にもたれかかり、吐息が間断なく肌をなで始める。

不快感とは違う、ぞくぞくとした高揚感が肌から湧き上がり、咲良はあわてて男から目を逸らし、視線をまた車道のほうへ向ける。

本当にコレは一体どういう事だろう。

職場の後輩に頼まれ人数あわせのつもりで出た合コンで、元彼に遭遇するだけではなく、どういう状況か二人して抜け出すハメになり、こうして——お持ち帰られならぬお持ち帰りすることになるなんて。

真面目だけが取り柄で、平凡という人生から一度も足を踏み外したことのない自分が、どうしてこんな目に遭っているのかまるでわからない。

(わからない、けど)

どうしてか、これからの人生が少しだけ今までとは違う方向へと動きだしたのを、咲良は感じた。

1．忘れられない恋と予想外の再会

忘れられない恋をした。

高校の誰もいない図書館の高い書架の間で、触れるだけの静かなキスをして、まるで秘密を打ち明けるような囁《ささや》き声で好きだと告白されて、自分も赤くなりながら好きだと告げた。

お互いに初恋だった。

けれど初恋は実らないというのは本当だろう。

高校に入ったばかりの一年だった自分に対し、相手は大学受験を控えた三年生。

たった十二ヶ月の交差の中では、大して仲も進展しない上、彼には家庭の事情もあって、なかなか恋人らしいことはできなかった。

デートだって、最後まで一緒にいられたことはなく、いつもどこかしらで邪魔がはいって突然終わる。

だからだろう。

二人の恋は、別れの言葉もなく、まるで鋏《はさみ》で断ち切るようにぷつりと終わってしまった。

普通よりやや良い程度の学力しかなかった咲良は、医科大に進んだ彼を後追い受験することもできず、きっとそういう運命だったんだと受け入れて、忘れようと努めてきた。

だけど思い出というものは、忘れようとしている間は決して忘れられないのかもしれない。

——こうして、夢に見てしまうほどに。


聞き慣れた携帯のアラームが鳴って、咲良は夢から現実に引き戻された。

まだ重いまぶたを無理やり上げれば、周囲は高校の図書館などではなく、すごく見慣れたワンルームの部屋の中。

咲良が一人暮らしする家だ。

白い天井に白い壁、そこに並んでいるカラーボックスどころか、作り付けのクローゼットのドアまで白い。

家具らしいものは他になく、唯一こだわって選んだ可動式本棚だけが妙に存在感を放っている。

よくいえば中性的、悪くいえば無個性で飾り気に乏しい部屋の中、唯一色と言えるのはライムグリーンの折りたたみ式ローテーブルぐらい。

それでもやろうと思えばカラーボックスの上のクロスを花柄に変えたり、ぬいぐるみを飾ったりして工夫できるのだが、部屋に呼ぶほど仲のいい女友達もいなければ、彼氏ができる予定もない自分にはこれで充分に思える。

どちらにしてもこのマンションの内装は、十年前にリフォームで壁や天井が塗りなおされているとはいえ、築三十五年をゆうに越えた古物件。

賃料が安いかわりに、あちこちにガタがきていて、多少飾ったところで外に出ればおんぼろだ。

引き出し付きのシングルベッドで身を起こせば、シンプルな長方形の姿見に自分の寝起きの姿が映る。

かろうじて卵形をした輪郭の中に、小ぶりなパーツが適度な距離で配置されている。

ごく普通の高さの鼻に、特段取り立てて言うこともない眉。

ベージュとピンクの間を取ったような唇はぼやけた印象を与えるし、肌の色だって特別に白いとも言えない。

目だけはやや大きいような気もするが、それだって人目を惹《ひ》くほどのものではない。

唯一、寝起きでも癖のつかないしなやかで黒々とした髪は美しいと言えたが、逆にそれが目立ってしまい、なかなか顔を覚えてもらえないので悩ましい。

総合して、十人が見れば十人が普通だと答えるような顔をした、二十八歳。

それが桜庭咲良という存在だった。

肩から真っ直ぐに落ちる髪をぐしゃぐしゃとかき混ぜながら、咲良はベッドから足を下ろす。

鏡を見ていても仕方がない。

高校生の頃から代わり映えのしない顔の自分だ。これからも変わるとは思えない。

地元の友人は化粧をすれば映える顔立ちなのにと言ってくれるが、咲良はどうしてか自分の顔に変化を付けることが苦手だ。

（未練があるのかも）

襟がくたびれはじめてきたパジャマを脱ぎつつ思う。

もしかしたら彼ならば、人混みの中にまぎれていたって咲良をみつけてくれるのではないか。

その時、化粧をして別人のように変わっていたら、見過ごされてしまうのではないか。

そんな未練がましい潜在意識を振り払いつつ、平日のルーティンを黙々とこなす。

髪を濡《ぬ》らさないように気を付けてシャワーを浴びて、着替える片手間に食パンを一枚だけトーストする。

カップを伏せているトレイの上で、インスタントコーヒーにするか、カップスープにするか指が迷うが、そのほかはよどみがない。

シャツを着て、黒か紺しかないタイトスカートの中から、今日の順番のほうを選び、髪を首の後ろで一つにまとめてゴムで留《と》めて、社会人として恥ずかしくない程度の化粧を——といってもファンデーションと眉を描く程度だが——を施し、ローテーブルを出す。

あとは食べて歯を磨いて、口紅を塗って出勤するだけだ。

朝の情報番組で天気を確認し、今日も真夏日になるといわれうんざりし、占いコーナーで自分の星座をチェックすれば他にすることもない。

職場までは歩いて二十分。夏の今は遠いと感じるが春と秋はそう悪くない。

履き慣れたローファーに爪先を入れて部屋を出て、咲良は雲一つない空を見上げて思う。

――空が蒼《あお》い。もうすぐ夏休みだからだろうか。

また記憶が過去に引き戻されそうになり、咲良は頭を振って歩きだす。

今日は変に感傷的だ。きっと金曜日だからだろう。

夜に入るだろう親からの電話を思いうんざりしながら、咲良は職場である大学図書館へと歩きだした。


「えぇぇー、またですかぁ！」

カウンターの奥にある事務室で本の修復を行っていた咲良の耳に、若く甲高い女の声が響く。

後輩である城崎《しろさき》の声だ。

「午前中にもう行ったじゃないですかあ。私、嫌ですぅ」

新卒らしく、まだ大学生から抜けきれない甘ったれた声に続き、なだめるような声がぼそぼそと続く。

が、それも当然だろう。

ここは大学医学部図書館。携帯電話はもちろん会話もお控えくださいな場所だ。なのにまるで頓着しない大声に、咲良だけでなく利用者である医学生や大学病院のドクターが眉を寄せてこちらを――カウンターのほうを見ている。

(多分、本学の方へのお使いを嫌がっているんだわ)

夏になってから毎日のように繰り返されるやりとりで察した咲良は、修復テープを脇に置いて立ち上がり、声がした方へと向かう。

見れば、カウンターの上に山ほど本の入ったトートバッグが二つと、その前でにらみ合う若い女性ともうすぐ定年退職になる女課長。

見事なまでに頬を膨らませた女性――城崎は、まるで悪いと思ってないのか、このやりとり自体が不愉快なのか、さきほどからしきりにくるくると巻いた髪の先を弄《いじ》っている。

配達も大学図書館司書の重要な業務なんだけどね、と思いつつ、まあまあと二人の間に割って入る。

「あれだったら、私が代わりに本学に配達に行きますよ。丁度修復作業もキリが付いたし、気分転換もしたいので」

当たり障りがないよう笑顔で伝える。が、本音は咲良だって行きたくはない。

咲良たちが勤務する大学は、国道を挟んで医療関係の学部とその他の学部が隔てられており、どの大学でもそうであるように敷地は広い。

駄目押しに、医学部図書館と本学の図書館は対角線の位置にあるのだ。どんなに速く歩いても、片道十分ちょっとはかかる。

そこから各教室にも配達するとなると一時間ぐらい。

おまけにこの炎天下だ。

季節は七月中頃だというのに、もう熱中症警戒が叫ばれている。

しかも今日の天気は雲一つない晴天。

汗だくになるわ疲れるわ、おまけに本は重いわできつい。

かといって他の図書館員に行かせる訳にはいかない。

というのも、人員が豊富な本学図書館とは違い、医学部図書館に配置されている職員の数は十五人程度。そのほとんどが咲良より十歳以上年上の四十代後半から定年間際なのだ。

あまり忙しくないからと言うのもあるが、腰が弱ってくる年代に書庫作業や配達はきついだろうと咲良が配置されたのが四年前。

そしてようやく今年、二人目の若手となる新人が配置されたかと思えばアレである。

大学学長の姪《めい》だかなんだかで縁故採用されたこともあり、城崎明日香《あすか》はいまいち学生気分が抜けきれない。

しかも大学に毎年寄付をしてくる社長の一人娘で甘やかされて育ったためか、気に入らない仕事は徹底して拒否する上、定時になればさようなら。

駄目押しに、ちょっとイケメンの利用者（大概が白衣のドクターだが）が来れば、別人のように猫を被ったお嬢様モードで対応しては色目を使う――と。

これなら学生バイトを雇ったほうがましだった。と課長に愚痴らせる強者である。

両者がにらみ合う間に滑り込み、本の入った帆布のトートバッグ二つを掴《つか》む。

肩に掛けるとすでにずっしりと重く、これで歩くのかと気が怯《ひる》む。

そこをえいやっと気合いを入れる。

（司書の仕事は立ち仕事。どうせなら歩いてるほうが気が紛れる。暑いならダイエットにもなるし）

めげそうな自分を励まし、では行ってきますと笑顔のまま告げて図書館を出る。

背後で、舌打ちとともに「いい子ぶって」と八つ当たりする城崎の声が聞こえるも、いつものことと無視してエレベーターで五階から一階まで降りて外に出る。

医学部の建物の脇を通り抜ける時、病院側の受付ロビーが見えたが、今日は週末なため、土日の休みに入る前に診察してもらおうというのか、いつもより患者が多い。

昼休みが終わっていてよかった。でなければ食堂もコンビニも混み合って、下手をすればランチを食べ逃していたかもしれない。

そんなことを考えつつ大通りに出れば、本学に向かう歩道が夏の日差しを浴びて蜃気楼《しんきろう》のようなもやを作っている。

そろそろ日傘を買ったほうがいいかもしれない。

そんなことを考えながら、咲良は熱いアスファルトを踏みしめ歩きだした。


戻って来た時にはもう汗だくで、シャワーを浴びたい気持ちでいっぱいだった。

閉館時間の五時が近いためか利用者の数もぐっと減っており、カウンターの中で城崎が暇そうに医学雑誌を捲《めく》っている。

とはいえ、読んだり、補修箇所を探したりしているわけではなさそうで、定時までの時間つぶしというところだろう。

それを横目に事務室に入ると、申し訳なさげな顔をした課長が冷蔵庫から麦茶を取って注ぎ咲良に渡してくれた。お使い駄賃ということだろう。

「大変だったわね。大丈夫？」

「大丈夫です。日焼け止めもばっちり塗ってますから」

冗談半分本気半分に答えつつ、空になったトートバッグを返却すると、課長は事務室とカウンターを分けるガラス壁のほうをチラリとみて溜息《ためいき》をつく。

「桜庭さんは進んで配達も行ってくれるから助かるわ。……城崎さんもねえ」

定時まであと四十分ほどとあって課長も仕事にキリがついたのか、お決まりの今日一日の愚痴をつらつらと話しだす。

とはいえ最近はもっぱら、期待のわりに戦力にならないどころか、座り仕事の修復とカウンター業務以外やる気ゼロの城崎のことばかりなのだが。

(課長、声が大きい……ッ、カウンターの城崎さんに聞こえなきゃいいけど)

愛想笑いで聞き流しつつ今日の日報を書いていると、カウンターのほうから「桜庭さぁん」と舌ったらずな声が掛けられる。城崎だ。

きっと面倒な論文を集めるようお願いされたのか、あるいは図書登録の項目がわからないかだろう。

もう少し座って落ち着いていたい気持ちを押してカウンターへいけば、なぜか城崎からにらむような表情で出迎えられて面食らう。

正直、人にものを頼んだり聞いたりするような態度ではない。

(ひょっとして、聞こえてたかな……？　私は関係ないけど)

文句を言っていたのは課長で、咲良は賛同も否定もしていない。なのに八つ当たりはごめんだ。

「ええと、なにかな」

これ以上面倒を起こさないでほしいと願いつつ尋ねれば、彼女はカウンターの下に隠していたスマートフォンへ視線を落として笑顔になる。

「今日、この後に予定とかありますかぁ？」

終業のチャイムが鳴る中、城崎が語尾を伸ばす甘ったれた口調で尋ねてくる。

これは面倒なことを言い出すサインだと、やや警戒しつつ思案する。

実のところとくに用事はない。

飲み歩くような友達は千葉《ちば》の地元にしかいないし、彼氏どころか男性と知り合う機会もない。

強いて言えば、ここのところ毎週かかってくる親からの電話があるぐらいだが、それはあまり受けたくない。

というのも最近、隣家の娘さん――咲良より三つ年下の二十五歳の――が、結婚するとあって、咲良にもいい人はいないのか。お見合いはどうかとうるさいのだ。

できればあの長電話は避けたいなと考えていると、城崎はこちらの答えも聞かず話を進めた。

「実は合コンの予定があるんですけど、女の子が一人来られなくなって。……桜庭さん、参加してみません？」

「えっ」

思わず言葉に詰まる。

合コンなんて、参加はもちろんお誘いがあったこともない。

学生時代から地味に目立たず、差し支えなく、誰とも当たり障りなく接する代わり、特別に仲のいい相手もいないという寂しい時代を過ごしてきたのだ。

とはいえ城崎は二十三歳。二十八歳の咲良が参加しても年齢層が合わないし場違いだろう。

「うーん、でもちょっと年の差があるから」

それを理由に無難に断ろうとするも、咲良の続きに被《かぶ》せるように城崎が大丈夫ですよー。と呑気《のんき》に答える。

「年上の先輩とかも参加しますし、それに、医療事務にいる私の友人も参加するから知らない人ばかりじゃないです」

こんなことなら、予定があると言い切っておけばよかったと後悔しつつ、他に断るに足る理由はないかと考えている間にも、城崎の指は忙しくスマートフォンの上をスライドし文面を打っていく。

咲良の位置からはカウンターの陰になって見えないが、スタンプを押している動作から、もう参加と決められているのだろう。

「と言ってもねえ」

「でも桜庭さん、出会いってあります？　なんか彼氏もいなさそうだし」

余計なお世話な一言が胸にグサッと突き刺さる。

反論したいがまったくその通りでなにも言えない。

ただし過去、ただ一度だけ彼氏がいたことがある。

だがなにもない。

――当然だろう。

高校生、しかもお互い真面目で誠実な性格であったため、ただ触れるだけのキスをしただけで、その恋は終わってしまった。

初恋というのもあるだろう。だが、あまりにもあっけなく、そして恋の実感を味わう余裕もなく去られた恋だったがため、いつまでも忘れきれず、結果、大学在学中も、卒業し就職してからもあまり恋に乗り気でない。

また付き合って、当人の気持ち以外の問題で別れることになったらと思うと、つい臆病になってしまう。

だから合コンの誘いはもちろん、サークルの飲み会もほとんど顔を出すこともないまま、出会いの場を得ることもなく生きてきた。

だが、そんな咲良の内心などまるで気付かず、城崎は自分の事情を述べだす。

「困ってるんですよ。ドタキャンで。……私、女の子側の幹事なんですけど、男性側の幹事の先輩が怒らせると怖くてぇ」

口の達者さでは完全に負けている上、困っていると言われると断れないお人好《ひとよ》しなため、城崎の誘いを上手《うま》くかわせない。

「あっ、ちょ、ちょっと残業。残業あるから！」

仕事があると言えば、仕事嫌いの彼女は諦めるだろう。

そう思ったのが甘かった。

「じゃあ、それ、私も手伝いますから」

「私、外に行っていたから汗臭いし、服も普段着だよ」

「夏だから汗ぐらい普通じゃないですか。服もそんな気合いを入れる集まりじゃないですし。気軽に参加お願いします。……ていうか、参加ってもう送っちゃったのに、女の子が足りないとかなると私……」

思いっきり眉尻を引き下げられ、咲良は言葉に詰まる。

(いや、そうじゃないかと思っていたんだけどね)

先ほど文字入力をしていたらしき仕草で予想できた展開に、咲良のほうが困り顔になってくる。

それに反して、城崎はこれで問題は解決したとばかりに顔を明るくし、助かったー。などといい、じゃあ私閉館作業してきまーす。と席を立って、声をかける隙もなくカウンターから出て行ってしまった。

(ま、まだ利用者がいるんだけどな)

この間のように、もう閉館時間ですよと仏頂面で相手を急《せ》かし、揉《も》め事《ごと》にならないよう祈りながら、咲良は我知らず溜息をつく。

――困った。

成り行きとはいえ、覚悟も備えもないまま合コンに参加することになってしまった。

だが、ここで嫌だと断れば、なんでですか！　と金切り声で詰め寄られたあげく、向こう二週間は仕事放棄モードに入られるだろう。

そうなると課長の胃はさらに悪くなり、咲良の残業時間は飛躍的に上昇することになる。

(最近の子って、強引というか、マイペースだわ)

どうせ合コンに行っても上手くいくはずないし、行かせる気もない。

唯一いい点があるなら、母からの面倒な電話を受けなくていいぐらいか。

こうなったら、さっと食べてさっと飲んで会計をきっちり済ませて家に帰るだけだ。

そう気持ちを切り替えながら、咲良はうんざりした気持ちのまま、閉館準備に入りだした。

成り行きというか強引に合コンに参加させられることになって足取りが重い咲良が、城崎に引っ張られるようにして連れて行かれたのは、大学病院に直結している新宿《しんじゅく》の駅から徒歩二十分ほど歩いた先にある、カフェ・バーだった。

いかにも新宿といった電飾の派手なビルの二階にある店内は、外観からは想像ができないほど天井が高く広々として見える。

が、店内はすぐ見渡せる程度しかなく、キッチン側と窓側にそれぞれカウンターがある他はテーブル席が五つだけ。

他に席はなく、個室らしき扉やしきりも見当たらない。

ドラマや漫画で見た合コンと随分違うなと、きょろきょろ辺りを見渡していると、バーテンダーがいるキッチンサイドのカウンターからさほど離れていない席に案内された。

四人掛けを二つくっつけて八席にしたテーブルの周りには六つしか席がなく、そのうちの四席がすでに埋まっていた。

これもなにかの縁。ひょっとしたらいい人と出会いがあるかも。

そうすれば母親からの電話攻勢にも対抗できるはず——などという淡い期待は、子どものようにはしゃぎ手を振る男性陣を見た瞬間に弾けて消えた。

まるで年齢層が合わない。どころか共通点がなにひとつなさそうだ。

女子側の席にすわっている子——城崎が言っていた大学病院の医事課の新卒だろう——こそ、社会人らしくこざっぱりとした格好をしていたが、男性陣はといえばまったくの普段着で、ストリート系とでも言うのだろうか、腰で穿《は》くルーズなパンツに黒や赤などの原色のTシャツ。それに加えベルトやらポケットやらから無駄にチェーンがついていて、騒ぐごとにチャラチャラと安っぽい音がする。

髪の色だって明るく、会社勤めをしているとは思えない。

よくてショップの店員。悪ければ現在絶賛求職中という雰囲気だ。

年齢だって、一人は城崎の先輩だという話だが、どう見ても咲良より年下で――。

つまるところ、結婚を意識するどころか彼氏としても絶対にないタイプだ。

場所が新宿だということから、推測すべきだったと内省するも時は遅し。

あれよあれよという間に席へ座らされ、右から左へと会話が流れていく。

「えー、メニュー取って。お腹《なか》、減ってるー」

いの一番に城崎が言うと、彼女の隣に座っていた女友達とやらがスマートフォンから視線を離さず、オーダーを口にする。

「私ロコモコ」

「馬鹿、それじゃシェアできねえだろ。割り勘なんだぞ」

「そっか。……じゃあフライドポテトから始める？」

合コンなのに予約してないんだ。

（いや、食べ放題かも？　相手は若い子たちだし）

――若い子、なんてもうおばさんみたいじゃないの。と自分で自分の考えにがっかりしつつ、咲良はなにげなくメニューに視線を落とす。

パスタにサラダ、サンドイッチとカフェらしい品と、ソーセージ盛り合わせやチーズを使った小洒落《しゃれ》たおつまみ。

ごく普通の内容だが、スイーツ系はやけに豊富で、特に季節の果物を使ったパフェが美味《おい》しそうだ。

最後のページにシェフらしき男性の写真と、銀座にあるパーラーで修行したという経歴が記されており、なるほどと思う。

(それにしても、ラフすぎない?)

メニューを眺めるふりをしつつ、ちらりと横目で他のメンバーを見る。

男性側も女性側も合コンだというのにめかし込んだり、気合いを入れている様子はなく、仕事帰りに仲間が集まっていると言われたほうがしっくり来る。

自己紹介はそこそこで、仕事の愚痴やら最近ハマっているネットドラマの話ばかり。

新顔なのは咲良ひとりみたいで、どうにも周囲の空気から浮いている。

合コンって、こんな雰囲気なんだっけ?

なにしろ初参加で、知識といえばちらりと見たドラマの一場面や、マンガの中だけで頼りない。

今風の子はこうなんですと言い切られれば、そうなんだと思えるがどうにも居心地が悪い。

そんなことを考えてばかりいたからだろう。周囲は咲良の意見など一つも気にせずオーダーをすませてしまい、気付けばテーブルにはドリンクが運ばれてきていた。

「えっ」

「ブルーハワイですよ。知らないんですか? カクテルです」

頼んだ覚えのない飲み物が前に置かれ戸惑っていると、城崎が呆《あき》れ言う。

「夏っぽいっしょ。見た目が」

すかさず、対角線上の席にいた金髪の男が笑いかけ、ええ、と受け流す。

南国の海みたいに真っ青な液体がロンググラスに入っている。

縁には薄切りにしたメロンが二きれとパイナップル、それに紫色をした蘭《らん》そっくりなデンファーレの花が一輪飾られており、見た目は確かに夏っぽい。

今日は暑い上、お使いで一時間以上歩いたので喉が渇いており、一気飲みできないカクテルではなく、できればビール、無理ならウーロン茶を飲みたかった咲良は、内心がっかりしてしまう。

カクテルということは一気飲みすれば酔ってしまう。

酒には少々自信がある咲良だが、空《す》きっ腹《ぱら》にカクテルだけを流し混んでは酔いそうだ。

男性陣の前にあるビールのグラスをうらやましげに思いつつメニューを閉じ、乾杯の音頭に合わせてグラスを掲げた時だ。

「そこまでだ」

落ち着いた大人の男の声が咲良の背後から掛けられ、口元に引き寄せられかけていたグラスが知らない手に止められる。

飾られたフルーツや花を壊さないように、そっと指を添える手を見た瞬間、咲良の鼓動が強く胸を打つ。

大きな手だった。

手の甲の肌は少し日に焼けており、その先に長い指が続いている。

直線的だが、節くれ立っているというほどではなく、艶のある健康そうな肌の上をしっかりとした太い血管が走っているのがすごく綺麗《きれい》でセクシー。

爪は短く、適度に整えてある。

グラスの底にあてられた手の平にわずかにかかるシャツだって、真っ白でぱりっとしており、きちんとした性格、あるいは仕事をしているのだと伺わせるだけの清潔感があった。

知らず見蕩《みと》れている間に、まるで魔法のようにグラスが抜き取られ、咲良の指が空を掴む。

「あっ」

思わず振り向いて、咲良は心臓が止まるかと思うほど驚いた。

薄暗い店内の照明、それとは対称的な窓から入る夏の夕暮れの日差し。

陰影の境目に立っているのと距離が近いこともあり、男の顔がはっきりと咲良の視界に映し出される。

やや硬めの輪郭に磨き抜かれた大理石のような肌。

頬骨から顎に掛けてのシャープなラインは一際美しく、思わず触れてみたいと思うほどで、そこに完璧な配置で鼻筋が通る。

唇はややきつく引き締まり、端のほうでわずかに上がっているのが油断のならなさを醸しだし、切れ上がった目がそれに拍車をかけている。

日に焼けて少し色が抜けた髪は短く、前で軽く立たせたあと後ろへラフに流しており、なんともスポーティ。

だが、なにより目だ。

生まれつき色素が薄めなのか、焦げ茶の瞳の中、くすんだ金の光彩がキラキラと輝く。

琥珀《こはく》か猫目石を思わせる目は印象的で、つい視線を引き寄せられる。

まるでよく訓練されたシェパード犬のようだ。

凛々《りり》しく、悠然としていながら、命令、あるいはスイッチ一つで勇猛果敢に敵に食らいつく気配を匂わせる。

大人の余裕と怖さを矛盾なく内包しながら、薄笑いを浮かべ頭上から合コンの席を見渡していた男は、咲良と視線があった一瞬だけ目元を緩めた。

心臓が大きく跳ね上がり、息苦しいほど鼓動が急く。

上等な男が微笑《ほほえ》みかけたからではない。その顔が過去に付き合っていたただ一人の男性と重なるからだ。

（嘘《うそ》……）

嘘だ、彼がここにいるはずがない。

医学部に入り医師となり、母校の大学病院ではなく千葉の実家で——地元では有名な総合病院だった――で、仕事をしていると耳にしたことがある。

ならばこんな時間に、東京で、しかも新宿のカフェ・バーにいるはずがない。

けれど、そう思う理性とは裏腹に、過去の彼と現在の彼の面影がブレを伴いながら徐々に重なっていく。

どうしてと口にしかけた時、それより早く参加していた医療事務課の女子が声を上げた。

「高槻先生！」

ああ、やっぱりという感情が湧くと同時に、どうして彼がここにいるのかがわからず混乱する。

なのに彼――高槻敬真は、咲良の手から奪ったグラスを外から入り込む夕日にかざしながら、眉間に軽く皺《しわ》を寄せ、それから長い溜息を吐く。

「さっき、このグラスになにか粉のようなものをいれたな」

尋ねるのではなく、確認する口調に医療事務課から参加している子――たしか朱音《あかね》と呼ばれていた――が、顔を強《こわ》ばらす。

が、すぐに隣に座る城崎が眉を逆立ててくってかかる。

「なに言ってるんですか。わからないんですけど？　大体、私たちみんな同じ飲み物なんですよ。自分が飲むかもしれないのに、なにか入れる訳ないじゃないですか」

そうだそうだとワンテンポ遅れて続く男達を一睨《にら》みで黙らせ、高槻はしょうがなさげに頭を振る。

「渡す時に、指の間から落としただろう。見えたぞ」

淡々として落ち着いた、それだけに凄《すご》みのある雰囲気で問い詰められ、焦ったのか、参加していた男たちが口々に吠《ほ》えだす。

「て、てめぇ。なに難癖をつけてるんだよ！」

「邪魔すんなよ、こっちは楽しんでるのに！」

腰を浮かせ、食ってかかる二人を置いて、一人だけ年上の——怒らせると怖い先輩だとか城崎が言っていた——男が眉を上げて低く唸《うな》る。

「なんだよ。俺の酒に文句をつけんのか。……怪我《けが》したくないなら口を挟まず、とっとと帰れ」

緊迫した空気が漂う。が、高槻は一人だけなんでもないような顔をし、手の中のグラスを器用にクルクルと回す。

「うるさいな。……わかった。こっちとしても事を荒立てたくはない」

一転して従うような発言に虚を突かれ、皆がぽかんとしたその時だ。

グラスを握っていた高槻の手に力が籠もり、あっと声を上げる間もなく中身に口をつけて一気に飲み干す。

上向いた顎の下で、形の良い喉仏が上下するのを見ている間にグラスの中身は空となり、たん、と小気味いい音をたててグラスがテーブルに戻される。

酒という支えを失った氷が衝撃で崩れ鳴る音がし、高槻が唇に残っていたしずくをぺろりと舐《な》めた。

「……苦いな」

ふん、と鼻を鳴らし笑う。

途端、城崎がさっと顔を青ざめさせて俯《うつむ》く。

だが高槻は気にせず、なにがあったのか理解できない周囲を置いて、強引と言える手つきで咲良の腕を取る。

「飲んだ以上用はないな、帰るぞ」

「えっ、え……え？」

突然過去から抜けて現れ、恐らく危なかっただろう状況を見抜き、解決した高槻にどう反応すればいいか戸惑っていると、不意に顔を寄せられどきりとする。

帰るぞ、と低い声で囁かれ、咲良は操られるようにして腰を浮かす。

かろうじて、通勤用のトートバッグを持ち出すのが手一杯で、合コンの費用を払う余地もなかった。

もっとも、高槻が言っていたことが本当なら、払うだけお人好しということになるのだが。

残照すら消え、夜の街と化した新宿を引っ張られるようにして歩く。

人混みに慣れているのか、それとも機敏さは高校生の時と変わらないままなのか、人通りの多い歩行者天国をあっというまに抜け、大通りへ出ると、間髪入れず流れてきたタクシーを止め、咲良の有無も聞かずに押し込んだ。

これは一体どういう状況だろう。

合コンに初めて参加して、参加者ではない、しかも偶然居合わせたにすぎない元彼にお持ち帰りされるとは。

「た、高槻先輩？」

先ほどから眉間の皺を解かず、どこか怒ったような顔つきになっている相手に対し、恐る恐る声をかければ、重く長い溜息が落とされる。

「〝先輩〟なのは変わらないんだな」

白いシャツのくつろげた襟の下にある、ブルーとグレーのレジメンタルタイのノットを長い指で引き下げながら、久しぶりの言葉もないまま会話を始められ咲良は言葉に詰まる。

「いや、先輩が年上なのは永遠に変わらないと思いますよ……」

ますます見える肌の面積が広がり、目のやり場に困った咲良は視線を下げる。

と、一目で上質とわかるベストとスーツの紺色をした生地が視野を占める。

昔二人が通っていた高校の制服に少し似たその組み合わせに記憶を引き戻され、咲良はぼんやり考える。

二十八歳の咲良より二学年上だったので、多分、今三十だろう。

二年。

大人になった今こそ大したことのない年の差でも、当時は大きくて、恋人となってからもどこか遠慮が勝って、先輩呼びが変わることはなかった。

だから他の呼び方を知らない。

知らないまま、わからないまま、初めての恋はいつしか終わったのだ。

つい失恋を思い出しかけ、咲良は頭を振りつつ問いかける。

「あ、と……高槻先生のほうがいいですか」

そういえばドクターになったのだったと気づき言い直せば、相手は目をわずかにみはり、ついでまた息を吐く。

「そうじゃない。……相変わらずだな、その真面目なところ。嫌いじゃない。というか結構好きだ」

いきなり好きだと言われて顔が火照る。なんだ、この会話は。

(いや、嫌いじゃないってだけだし、性格が真面目なのが好ましいの意味で、私をまだ好きでいてくれるはずないじゃない)

あわてて自分を律する。

そうだ。あれから十年以上経《た》っている。

平凡で、その他大勢に簡単に紛れてしまう咲良と違い、高槻は高校時代から一際目立った存在だった。

整った容貌にすらりとした長身。

背の高さを活《い》かしてか、陸上部で棒高飛びをしていたが、記録は全国レベル。

とはいえ部活にばかり熱中していたわけでなく、成績だって学年トップクラス。

駄目押しに両親は医師で、八つ年上の兄も医師。実家は地元でも有名な総合病院の経営をしていると聞けば、もう、天は一体いくつ与えれば気が済むんだろうと思うしかない。

しかも本人はそれらをまったく気に掛けず、誰にでも気さくに話しかけ、女の子からの人気は言わずもがな。

生徒会こそ、面倒くさいの一言で断っていたが、先生達が頭を下げて生徒会長選に立候補してくれと頼んだという伝説持ちで、出れば確実に当選していただろうと咲良は思う。

同じ優等生でも、〝目立たないほうの〟と枕詞《まくらことば》がついていた咲良とは大違いだ。

そんな彼が大人の余裕と色気を増しているのだから、正直、隣に座っているだけでも変に緊張してしまう。

　のっけから好きだとか口にされ、続く言葉をどう選べばいいかわからず黙っていると、少しふてくされたような声で高槻が叱る。

「まったく。……合コンなら気を付けろよ。他人が頼んだ青い飲み物なんて、危ない一択しかないだろ」

「それのなにが？」

高槻がいいたいことがわからず目を瞬かせていると、彼は逆に驚いた様子で眉を上げる。

一拍おいてタクシーの運転手に流してくださいと伝え、相手を走ることに集中させた後、高槻は声のトーンを落とし、生徒にものを教える教師の口調で続けた。

「本気で言ってるのか？　……睡眠導入剤だよ。あれ、水や他の飲み物に混入してもわかるよう青色色素がまぜてあるんだ。ただ、青い飲み物に入れられたらわかりづらいから気を付けろって。お持ち帰りや昏睡《こんすい》レイプとかする奴《やつ》がよく使う手だ。俺の居る救急でもたまに診た」

「レイ……ッ」

驚きに声を上げようとした途端、口を塞がれ声がくぐもる。

「決めつけるのは悪いけど、だが、女のほうが咲良の飲み物を取る時に、指の間から粉を落としたのは間違いない」

城崎だ。

合コンに誘われ昏睡させられそうになったことを驚けばいいのか、さりげなく名前呼びされたことに驚けばいいのかもうわからない。

「えっ、え……なんで？」

「さあ？　馬鹿の考えることなんてわからない。ただ、合コンに参加するなら気を付けろよ。軽いノリで遊んでると本気で危ないぞ」

そこだけ怒ったような口調で言われ、さすがの咲良もむっとする。

なにもかも初めて、どころか参加するつもりすらなかったのだ。

会話についていけるかどうか心配し、気をつかうばかりで違和感を察せるはずもない。

「助けていただいたのはありがとうございます。でも、こっちだっていきなりの上に初参加だったんですよ！　そんな、どこからどう気を付ければいいかわからないじゃないですか。確かに、少し変だとは……変……先輩？」

高槻の形のよい頬骨がひくつき動いてるのに気づき、言葉を止める。

眉間の皺は相変わらずだが、こころなしか鋭くなっていた目が和らいでいるようにも見える。

口元へ視線をやれば、なにかを堪えるように真横一文字に引き結ばれていて。

「な、なんで笑うんですか。そんなに、この年で合コン初参加が珍しいんですか」

女として枯れている自覚が羞恥となって頬を火照らせる。

「笑ってないだろ……」

「笑うのを我慢してるの丸わかりですッ。肩だって震えてるし！」

語気を強め指摘すれば、堪《たま》らないという風に高槻が噴きだした。

「参ったな、本当、咲良はよく俺のことを見ているな」

また名前で呼ばれ、しかもよく見ているとかまだ気があるという風に言われ、咲良は顔を横に向けて視線を逸らす。

——正直、気がないといえば嘘だった。

元から互いの気持ちが離れて別れた訳ではなく、純粋に高槻の家庭の事情ゆえに別れた恋だ。自分から逃げ出したくせに未練なんてありまくりだし、いまだに忘れきれず、新しい恋をできないままでいる。

「まあ、俺だけじゃないのはわかった。……よかった」

なにが？

すぐに相手に気付いたことか、それとも仕草や周りの行動を見て、咲良の危機に気付いたことか。

どちらとも取れる発言に、どう返せばいいか迷う。

迷う間にタクシーは渋滞にはまってしまい、あとは窓越しに聞こえる車のクラクションやエンジンの音ばかりで、会話も完全に止まっていた。

聞きたいことはいろいろあった。

どうして東京にいたのか、あの場で咲良に気付いて助けようと思ったのか、どうして店を出たところで別れたりせず、こうして一緒にタクシーに乗っているのか。それから。

——あの日から、どう過ごしてきたのか。

灰色の空と灰色のコートが遠くに過ぎ去っていく場面が頭に浮かぶ。

（違う、それは今じゃない）

わかっているのに、クーラーが作る空気の流れが、あの時の冬の寒風を、そこで待ち尽くしたことを思い出させ——。

胸が痛みに疼《うず》いた。

途端、それを癒やすように、肩に温かく心地よい重みを感じた。

えっと思って顔を横へ向ければ、高槻の身体がシートの上で傾き、咲良のほうへ倒れてきている。

「え？　ちょっ、高槻先輩？」

何度か声をかけるも、相手は反応せず、ただ咲良の肩にもたれて気持ちよさそうに寝息を紡ぐばかり。

目と口を開けっぱなしにしながら、咲良は人差し指を空で回し、それからそっと高槻をつつく。

が、それがよくなかった。

触れあってもたれていた肩がずれ、彼の頭が咲良の肩へとすべり落ちてくる。

うわっ、とか、ひえっ、とか声にならない悲鳴が漏れる。

だが、危ないところを助けてくれたのに避けるのも悪い気がして、だけど、そのまま彼の顔を至近距離で見つめるには心臓が持たず、咲良は車窓に頭をへばりつかす。

同時に危ないところだった自分の身を自覚する。

あのまま、高槻に気付かれず酒を飲んでいたら、こうなっていたのは自分だった。

別れてからというもの、会うことを避けていたので、高槻が酒に強いのか弱いのかはわからない。

だがたった一杯でこうなるものだろうかとも思うし、合コンでこんな風に酔い潰れる酒を全員が最初にオーダーするのも変だ。

だとするとやはり。

(睡眠薬が、入っていたのかな)

そこまで城崎に恨まれる理由がわからず、少しへこむ。

初めてできた後輩だから、無理をさせないよう気を回してフォローしていたつもりだが、彼女にはそれが不快だったのだろうか。

(いい子ぶって、とか言われたけど。課長と比較されるのが嫌だったのかな)

そんなに嫌われてるとは思わなかった。見知らぬ男にお持ち帰りさせようと企《たくら》むほどに。

(でも、さすがにやり過ぎでしょう)

嫌な噂《うわさ》を流されるとか、物を隠されるあたりが妥当だろう。やられたくはないけれど。

人間関係って本当に難しいと思わされる。そして、高槻が偶然いてくれたことに感謝する。

彼が割って入らなければ本当に危なかった。

おそるおそる視線を反対側へ、高槻がもたれる側へやれば、相手は気持ちよさそうに寝息を上げるばかり。

咲良の代わりに飲んだ酒のせいか、それに入っていただろう睡眠薬のせいか。——あるいは普段から睡眠不足なのかもしれない。

俺の居る救急でも診たといっていたからには、彼の現在の専門はドクターの中でも過酷といわれる救急医なのだろう。

だとすれば対応は他にもまして二十四時間で、休日どころか正月もない多忙さだと予測できた。

もし、この眠りに疲れがわずかでも混じっているのなら、起こさないほうがいいだろう。

（まつげ、長いな……）

閉ざされたまぶたを、長いまつげが縁取って目元に影を落としている。

普段は切れ長で鋭い眼差《まなざ》しも、いまはすっかり和らいで、どこか悪戯少年っぽい雰囲気がある。

その目が、笑うと目尻が下がりとても優しくなることを咲良は知っていた。

――好きだ。

そう告げた高槻の声が、今よりもっと若く、幼かった恋の始まりを告げる声がふと泡沫のように浮かんで消えて、咲良はさらに鼓動を速くする。

まだ未練がある自分を認めたくなくて、わざと大きく深呼吸をして肩を上げ下げしたが、それがいけなかった。

かろうじて触れるだけだった男――高槻敬真の頭が、いよいよ肩にもたれかかり、吐息が間断なく肌をなで始めだす。

不快感とは違う、ぞくぞくとした高揚感が肌から湧き上がり、咲良はあわてて男から目を逸らして視線を車道のほうへ向けた。

渋滞で止まったままで、声をかける時を見計らっていたのだろう。

運転手がバックミラーで咲良を窺い、仕事に徹した淡々とした声で尋ねる。

「で、お客さん、行く先は？　それともどこかにこのまま流す？」

言われ、ぐっと言葉に詰まる。

タクシーに乗った以上、どこかで降りなければならない。

だが残念なことに、というより当然ながら、十二年ぶりに会った相手の住所など知るわけもない。

合コンに参加していた同じ大学の医療事務課の子が、高槻を先生と呼び知っていたことを考えると、自分と同じ大学病院に勤務しているかもしれない。

そこまで偶然が重なることなど確率としては奇跡に等しいが、それでも他に行く場所がない。

だから咲良は、溜息をついて自分の家の住所を告げる。

ひとまずは休ませるしかない。二、三時間したら起きるかもしれないし。

そう考えながらも、頭が疼き痛むのは否めない。

――本当にコレは一体どういう事だろう。

職場の後輩に頼まれ人数あわせのつもりで出た合コンで、そこで元彼に遭遇するだけではなく、どういう状況か、二人して抜け出すハメになり、こうして――お持ち帰られならぬお持ち帰りすることになるなんて。

眉根を寄せて考え込むことで、もたれかかり眠る高槻のことを意識の外に追い出し時間をやりすごしていると、窓の外に見慣れた景色がまじりだし、あっというまに家のあるマンションに辿《たど》り着《つ》く。

そこからは、運転手の手を借りて高槻へ肩を貸し、エレベーターに乗せてもらう。

身動きしたことで意識が少しもどったのか、途中、「ううん」とか「んん？」とか返事らしきものをくれ、ふらつきながらも歩いてくれたが、咲良の家に入って靴を脱がせてからが大変だった。

ベッドまでひきずるようにして運び、うんうん言いながら押し上げ（というか、布団の感触に気付いた高槻が途中からは自分で上がってくれたが）て、万が一の時に吐いてもいいように、洗面器にビニールとちらしを張ってベッド横へ置く。

なんとかスーツのジャケットとベストを脱がせ、首元からネクタイを引っ張り抜いてひと息つけば、足下は散々たる有様で、今度は自分の荷物と高槻のスーツの世話に追われる。

そうして片付けまで終わり、汗だくになった身体をシャワーでスッキリさせてみればもう時間は日付が変わる前まで来ていて。

（すごい。部屋が一気に狭くなった）

やや広めのワンルームだったはずが、身長を百八十超える高槻一人寝てるだけで、存在感がすごい。

しかも咲良用のシングルベッドでは足下がまるで足りなくて、半分、胎児のように丸まって寝て居るので、横に入る隙がない。

もっとも、入る隙間があったとしても、一緒のベッドを使う気などないのだが。

高校生、しかも真面目な二人らしく、触れるだけのキス以外なにもなかったぐらいだ。

なにもされないのがわかっていても、同じベッドに眠る訳にはいかない。

(今は、彼女がいるかもしれないし)

ちらりと高槻の左手を盗み見て、薬指になにもはまってなく、日焼けの痕も残ってないことを確認し、そんな自分に幻滅しながら咲良はベッドを背にラグへと座る。

このまま座って寝てもいいが、今日はいろいろな事がありすぎて、まるで眠気がやってこない。

(仕方ない。いい機会だし、朝まで積んでる本を読んですごして、明日寝ればいいか)

翌日の土曜日が休みなのを幸いに、趣味の時間にしてしまおうと決め込んだ咲良は、心を落ち着ける飲み物を入れたいのと、明かりを間接照明に変えるべく立ち上がる。

と、横に力なく垂れていた高槻の手が素早く動き、咲良の手首を掴む。

「行くな」

突然、はっきりした声でそう言われ、目が覚めたのかと振り返る。

だが高槻は目を閉じ、なにかに耐えるよう顔をきつく歪ませていた。

「大丈夫ですか、先輩？　吐きたいですか？　お水ですか」

用意しておいたどちらを取ればいいか意思確認しようとしゃがめば、長い腕が首に巻き付いてきてドキリとする。

崩れるように膝をついて、高槻の好きにさせていれば、彼はすがるように咲良の首に抱きついて、切なく、苦しげな声でうめく。

「行くな、咲良……。どこにも、もう、二度と」

胸が、切りつけられたように痛み、目に涙が込み上げてくる。

行きたくなかった。別れたくなかったと、幼い頃の自分がわめくのを無視しながら、咲良は苦しげな高槻の額をそっと撫で、囁く。

「行きませんよ。……側にいます」

せめて、貴方《あなた》が目を覚ますまでは。

そう伝えると、安心したように高槻の腕から力が抜け、浮きかけていた彼の身体がまたベッドに沈む。

だが、それでも心配なのか、ベッドに背を向けて本を読み出した咲良の髪を指にすくって離さず――高槻は、それがまるで運命を繋《つな》ぐ糸だといわんばかりに朝まで指に絡めていた。

2. 募る初恋

膝から本が滑り落ちる感覚がして、咲良は自分が寝てしまっていたことに気付いた。

あわてて落ちた本を拾い、ページが曲がってないか確認していると首筋あたりに視線を感じる。

変だなと、寝起きでぼうっとする頭で考え振り返り、飛び上がらんばかりに驚いた。

高槻が膝を抱え、手で顔を覆って落ち込んでいる。

たまに様子を探るように、指の間からちらりとこちらを見るが、咲良と視線が合った瞬間動きが止まり固まってしまう。

気まずい沈黙が両者の間に流れる。

それもそうだろう。咲良が〝合コン先で元彼に再会しお持ち帰りした〟状況に困惑しかなかったのだ。お持ち帰られた高槻の心境はそれ以上だろう。

「…………」

はーっと長い溜息を吐き、高槻がこわごわとした仕草で顔から手を離し、すぐまぶしそうに目を細める。

カーテンの隙間から射《さ》し込《こ》んだ朝日のせいだ。

知らず夜が過ぎていることに驚きつつ、咲良が時計へ目をやれば針は六時過ぎを指していた。

「あ、えーと……おはようございます？」

なにを言えば適切なのかわからず、つい疑問形になってしまった。

「おはようございます？　だって？」

信じられないものを見たような目を向けられ、思わず息を呑《の》みかける。

が、そこでぐっと堪えて笑顔を向ければ、相手はまたもや重く息を吐く。

「あ、もしなにかあったと心配されているなら大丈夫です。寝にくそうだったのでスーツの上とネクタイを外しただけで、手なんか出してませんから」

できるだけにこやかに、悪気なく聞こえるよう無理に明るくおどけた調子で言えば、返す速さで高槻が唸る。

「あってたまるか！　……お前なあ……」

頭を抱えた高槻が、寝癖のついた髪をぐしゃぐしゃとかき回し舌打ちを落とす。

それから二、三度口を開閉させたあと、いかにも呆れたような、それでいてどこか腹を立てているような口調で指摘する。

「無防備にもほどがあるだろう。見知らぬ男を家に上げて、なにかあると思わなかったのか」

「いや、見知らぬ男だったら上げませんよ。先輩をタクシーに放置したら運転手さんも困るでしょうし、私も寝覚めが悪いし。……それに、なにかあるような関係でもないですし」

恋人だったといっても、遙《はる》か遠い昔の話だ。今ではない。

男として意識しているかといえばイエスだが、相手が咲良を女として認識するとは思えない。あの頃より色気と魅力を増した高槻に比して、自分はまったく代わり映えしないまま、普通の殻に閉じこもって生きてきたのだから。

「現に襲われてませんよ」

肩をそびやかすが早いか、間髪容れず高槻が指摘する。

「なにかあるような関係でなくても、襲う男は襲う！」

「ていうか、先輩、さっきまで寝てたから襲うもなにもないじゃないですか。その、お酒というか、睡眠導入剤のせい……で」

自分のせいで、飲まなくてもいい薬を、しかもお酒と飲んでしまって大丈夫だろうかという心配が端切れを悪くさせる。

「そうだ。そもそもそれだ。……お前、合コンに行くならネットでもなんでもいいから危険なこととか調べたり考えたりしろ。いや、それ以前に大して親しくない奴の合コンに誘われたからで行くな」

命令調で叱りつけられ、咲良の中で大人げない反発心が頭をもたげる。

「そんなこと言ったって、断り切れずに無理やり連れて行かれたんです！　私にも私の事情があってですね」

「事情があるとしても、もう少し危機感を持て。しかも俺を家に上げるなんて、無防備どころか襲ってくださいと言ってるようなもんだぞ！」

「襲ってくださいとか言ってませんし、寝てる人相手に無防備になるのも仕方ないでしょう」

頭では、高槻が言っていることに分があるとわかっている。だが、目覚めて挨拶もなしに説教されては、こちらとしても素直になりきれない。

「私に、先輩をタクシーから降ろして道路に捨てていけって言うんですか。そんなこと……できるわけないじゃないですか」

道徳的にも心情的にも。

いや、たぶん心情のほうが強いだろう。

折角《せっかく》会えたのに、大したことも話せないまま、助けてもらった御礼すらまともに言えないまま、この東京の人混みに紛れ他人になっていくなんて、とてもではないがやりきれない。

(また、あの時みたいに離れてしまうのは、嫌だ)

大人になりきれない子どもの自分が、心の中で叫んでいる。

その泣き声につられるようにして、咲良の気持ちも沈んでしまう。

萎《しお》れていく花みたいに下を向いてしまった咲良を見て、高槻もきつく言い過ぎたと気付いたのだろう。

鋭く息を呑み、それから顔を逸らし、言葉をさがすように黙り込む。

それがどれほど続いたのか。もう話す気がないのではと思えるほどの間を置いてから、高槻がぽつりと漏らす。

「その、言い過ぎた。悪かった。……俺を、助けてくれたんだよな。ありがとう」

素直な謝罪が二人の間に張り詰めていた緊張を解し、咲良の気持ちも少しだけ頑《かたく》なさをほどく。

「いえ、私こそ、危ないところを助けていただいてありがとうございます」

きちんとした姿勢をと正座をし頭を下げれば、なぜか高槻が顔を赤くしてそっぽを向く。

「お前なあ……。ベッドにいる男に対してそのポーズは反則というか、いや、わかってないんだろうけど。合コンも初とか言っていたし」

なんのことだろう。謝罪の姿勢がおかしいのか、足りないのかと気を回していると、すぐに高槻が、「もういい」と手を振る。

「それよりここ、お前の家だろ？　いいのか。俺が居て」

「居てもなにも、他に運ぶ処《ところ》はありませんし」

ホテルという手もあったが、降ろすのを手伝ってくれた御礼にと運転手に一万円札を握らせたのがそこそこ痛い出費だったし、どう考えても自宅のほうが近かったのでそうしたのだが。

「あ、狭さには慣れてますから大丈夫。先輩こそ窮屈だったでしょうそのベッド」

シングルベッドを軽く叩《たた》きながら尋ねれば、相手は天井を仰いで遠い目をする。

「そうじゃなくて、彼氏……とか」

「いたら合コンなんて参加しませんよ。当たり前でしょう」

さっきから高槻は一体なにを言っているんだと首をひねる、そんな咲良を見て、高槻は困ったような拗《す》ねたような表情で耳を赤くするばかりで。

なんだろう。この居心地が悪いのに甘酸っぱいような、照れくさいような空気は。

お互いもじもじと、聞きたいことを口にできず、視線やしぐさを探ってばかりいて、相手はそれを意識して、余計に会話がはずまない。

間違っても三十歳と二十八歳の会話ではない。むしろ高校生のようだ——と気づき、自分が、
隔てていた年月にも拘《かか》わらず、高槻と昔のように話をしていることに気が付いた。

(子どもっぽいって、思われてるかもな)

少し反省しつつ、咲良は膝を崩す。すると高槻もベッドの上であぐらを掻《か》いて、どこか照れくさそうに首の後ろを撫でていた。

「そういえば、高槻先生と呼ばれていましたけど、無事、医師になられたんですね」

「ああ。……ここから近い聖心《せいしん》大学病院の救急で働いてる。四月からだけど」

自分の務めている職場の名前を出されドキリとする。

——四月から。

まだ三ヶ月しか経ってない上、シフト制勤務の救急だ。医学部の図書館に足を伸ばす暇などなかっただろう。

だが、桜の花が咲く時期にはこちらに来ていて、相手に気付かず、側で働いていた偶然に驚かされるしかない。

「すごい偶然ですね。私も、聖心大学医学部の図書館で司書をしていて……」

「知ってる」

「え」

知らなかったと言われるとばかり思っていたのに、ごく当然のように肯定されて咲良は目を大きくする。

「知ってる、って」

「咲良がいると、勤務している同期から噂に聞いたから。部署までは知らなかったが。そうか……図書館は図書館でも本学じゃなくて医学部だったのか」

くしゃりと前髪を掴んで、ますます眉を寄せながら高槻が言う。

その惜しむような口調が気になり、咲良は、ひょっとしたら探されていたのではと期待しかけ、すぐにあわてて頭を振る。

そんなはずはない。高槻は咲良と付き合ったことはあったが、高校時代のほんの一時期だけのことで、手を繋ぐだけでドキドキする恋は、キスも片手の指で足りる数だしそれ以上のことなど、真面目で普通でいたかった咲良にはとても無理だし、高槻は匂わせようともしなかった。

ごく真面目な普通の高校生同士の清いお付き合い。それを越えることはなかったのだ。

（まあ、あとで理由はわかったけど。私は身代わりの彼女だったんだって）

過去の傷がチクチク疼きだすのと同時に、どうして高槻と会ってしまったのだろう。どうして彼は自分を助けたのだろうと思う。

昔の知り合いが犯罪に巻き込まれそうだったのを、見るに見かねたから？

多分そうだと考えることで、期待しそうな自分を戒める。

「大学も広いですもんね。昔の知り合いが勤務してるからって、そうそう簡単に顔を合わせることなんてないですよ」

むしろ、昨日、あのカフェバーに二人が居合わせたこと自体が奇跡に等しい。

「ともかく、ありがとうございました。助かりました。……また、お会いすることがありましたら……」

その時はよろしく。としめくくって、なんとなく居づらい雰囲気を作って、じゃあ、さようならと終わればいい。そうすればまた日常に戻れる。

そんなずるい考えをしつつ、大人の処世術で切り抜けようとしたのに、高槻は不意に真面目な顔になり静かに告げた。

「御礼なんていらない。むしろ、俺は咲良に謝らなければならない。あの時……」

「いや、過去のことはもうよしましょうよ。お互い、大人なんですから」

感傷かなにかに流されて、終わった恋を思い出してもいいことはない。

さよならも言わずに終わってしまった、始まる前から終わっていた恋ならとくに。

口を硬く引き結び、顔を強ばらせ、笑顔のまま高槻を睨めば、彼はひるんだように言葉を喉に留めたまま、どこか傷ついた表情をする。

――そんな顔をされても困る。

傷ついたのは、咲良だったのに。

振ったのは咲良だが、先に裏切ったのは高槻じゃないか。フェアじゃなかったのは彼のほうではないか。

それを責めたくない。子どものように泣いてわめいて取り乱して彼を責めるほど、自分は幼くないはずだ。

(大人になったと虚勢を張りたい。この人の前でだけは)

心から念じつつ、ただただ無言で二人がにらみ合って数分経ったころだろうか。突然、高槻のジャケットから派手な電子音が鳴り、今までの膠着《こうちゃく》状態が嘘のように彼は身を翻し、ポケットからスマートフォンを取り耳に当てる。

「はい。聖心大付属病院救急、高槻です」

別人のように凛《りん》とした声と、引き締まった横顔となる。

同時に咲良は電話が病院からだと気付いて、邪魔にならないよう身動きをとめて息を潜める。

「……なるほど。多重追突事故ですか。はい。で、ショックの種類は？　スパイナルはなしですよね。なら循環血液減少性《じゅんかんけつえきげんしょうせい》？　心原性《しんげんせい》？」

会話しながら、手早くジャケットを羽織り、ネクタイを締めていく高槻を見ながら咲良は悟る。

どうやら病院に近い道路で玉突き事故が発生し、怪我人《けがにん》が大量に運ばれて人が足りない様子だ。

盗み聞きはよくないと思うが、なにせ部屋が狭いワンルームなため、高槻の声だけならず、電話をかけてきた救急も戦場なのか、やたら大きい声が勝手に聞こえてくる。

「ＩＣＵが足りないと。わかりました。向かいます。データはメールに入れてください。移動中に見ます」

そう締めくくり、高槻は通話を切って短く息を吐く。

（本当にドクターになったんだなあ）

医科大に受かったという話は聞いていた。だから医者なのだろうとぼんやり考えたことはあるが、こうして目の当たりにすると迫力というか実感が違う。

ただ真剣な目で通話が終わったスマートフォンを見つめていた高槻は、咲良の視線に気付いて、あっ、と声を上げた。

「悪い、いきなり、仕事の電話なんかして」

「いえ、ドクターならそういうこともあるって、わかってますし」

一応、大学の医学部図書館で働いているだけあって、緊急に呼び出されるドクターを見るなどは日常茶飯事だ。

「それより、急いで行ってあげてください。患者さん多そうでしたし」

「あ、ああ」

当たり前のことを当たり前に伝えただけなのに、なぜか高槻が困惑とためらいが入り交じった表情をする。

「その、悪かった。勝手に泊まることになったりして」

「いえ、逆に私のほうが御礼を言わないと、今頃ひどい目にあってました。……改めてありがとうございます」

高槻先輩もがんばってください。それでは、お元気で。と伝えようと立ち上がると、彼はぎゅっと眉をひそめて咲良を見つめる。

なんで、そんな切なそうな顔をするんですか。と聞きたいのを堪え、さようならの言葉を伝えようとした時だ。

不意に顔に影が差し、気付いた時には顎を取られ上向かされた。

狭い部屋に長身の高槻がいるからか、やけに距離の近さが気になって息を詰めれば、その瞬間を狙い済ましたように唇が奪われる。

「……ッ」

息が止まった。なんなら鼓動も止まったのかもしれない。

十年ぶりとも言えるキスに驚き、目を大きくしていると、顎にあった手がさらっと首筋を撫でてうなじへと移動して、まるで存在を確かめるようにしっかりと咲良の後頭部を掴む。

温かく引き締まった男の唇が、自分の乾いた唇の上にあったのはどのぐらいだろうか。

多分数秒にすぎないことを、まるで十分以上にも感じながら息をつめ、どう反応すればいいかわからず呆然《ぼうぜん》としていると、唇を離した高槻が至極真剣な顔で告げてきた。

「……俺は、あの時のあれで、咲良と別れたとは思ってない」

とんでもない爆弾発言に、さらに目を大きくし鼓動をうるさくしていると、彼は伝えるだけ伝え背を向け、咲良の家から出ていってしまう。

突然、一人になった部屋の中に立ちつくす。

(一体、なんだったっていうの。……あのキスは、あの台詞《せりふ》は)

相手が消えた玄関ドアを凝視したまま、咲良は内心でぼやく。

「別れたと思ってない、だなんて」

今も、恋人と思っているということだろうか。いや、ひょっとしたら高校の時も、本当は本当に咲良のことを——などと期待してしまう。

「本当に、困る」

今更のように赤く火照っていく顔を両手で覆いながら、咲良は記憶を遠い過去へと——高槻と出会った日へと向けていた。

3. 恋の成就と現実と

金属バットが野球の球を打つ甲高い音がかすかに聞こえる。

今日も野球部ががんばっているな、と思いつつ咲良は「あれ？」と、返却された図書室の本を棚に戻す作業を中断し、辺りを見渡す。

（変だな、四時半を過ぎたから閉館作業中なのに）

一面作り付けの本棚がある方向からくるりと向き直れば、第二グラウンドに面した窓が目に入る。

「窓、閉めたはずなんだけど」

つぶやき、本を抱えたまま図書室内を移動する。

といっても、放課後で、閉館間際なこともあって、咲良以外は誰もいない。

司書や担当である国語の先生ですら、職員会議かお茶のみかで職員室に降りていて、空の読書テーブルに金木犀《きんもくせい》色をした初秋の日差しが降りそそぐのみだ。

とろりとした蜂蜜色の光、誰もいない静寂と広い空間に整然と並ぶ本。

家の自室より落ち着く光景に、だが、また野球の球を打つ音がまじり、咲良は溜息を漏らす。

もともと普段から人が多い場所ではない。だからか外からの音がよく響く。

それに加えて、現在進行中で校舎の建て替えが進んでおり、以前は図書館を日差しから守っていた音楽室や家庭科室などの技術棟が取り壊されて、朝ならまだしも午後は西日が強すぎて暑い。

クーラーがあればいいが、残念ながら現在はない。

新校舎が出来て教室と図書室が移動されれば、そちらにはクーラーが付くという話だが、それは咲良が卒業する年かその翌年になる見通し。

その上、グラウンドに面しているため放課後は部活する生徒たちのかけ声やら、応援団の練習やらで賑《にぎ》やかだ。

つまり結論を述べれば、窓を開ければうるさいし、窓を閉めれば熱気が籠もる。

涼を取ろうにも天井に古ぼけた扇風機がついているだけ。

総合すれば、ここで自習するぐらいなら、塾の自習室かクーラーが効いている食堂を使う方がマシ。という生徒が過半数となり、結果不人気な場所となってしまった。

じゃあ、なんでそんな場所に咲良がいるのかといえば、単純に図書委員だから当番をしているというのが一つ。

もう一つはもっと簡単で、咲良が無類の本好きだからだ。

子どもの頃、小児ぜんそくを患《わずら》っていたせいか、外で遊ぶのがあまり得意でなく、ちょっとしたことで熱をだしては咳《せ》き込《こ》むといったことを繰り返していた咲良の、唯一の友人かつ楽しみが読書だった。

知らない世界にいつでもどこでもいけるし、電源がなくなる心配もない。

登校時の鞄《かばん》には小学生から高校一年である今まで、本が入ってない日はなく、学年で一番本を読むという理由で図書委員を受けることになる。

小中高と皆勤で図書委員を務めた結果、なんの本がどこにあるか、どの作家がどんな続刊を出したかなど把握し、極め、十進分類も完璧暗記。

となると、当たり前のように後輩先輩をかまわず、返却処理は咲良の担当になっていて、友人も数えるほどしかおらず、人から頼まれると断れない性格もあって、「まっ、いいか。本も図書館も大好きだし」と、半ば図書室の主みたいになっている。

そして、好きな物に囲まれているからか、放課後を毎日過ごすから慣れたのか、過酷だの暑いだの言われる図書室がさほど苦痛でもなくなってしまった。

(もとより暑さには強いというか、汗をかきづらい体質なのもあるけど)

そんなことをつらつら考えながら、図書室の窓が開いていないかチェックしていく。

「うーん、上の換気窓も下の窓も閉まってるよね……ぇ、あれ？」

返却カウンターと入口がある方から一番遠い、書架の奥になっていて見えづらい窓のあたりにあるカーテンが動いている。

「あそこかあ」

確か文学、しかもギリシャのやつがあるらへんだ。と目当てをつけつつ歩く。

(あそこなら掃除当番が閉め忘れるのも仕方がない)

図書室は以前――こんなに夏が暑くも残暑が厳しくも無かった頃――は、視聴覚室としても利用されており、普通の白いカーテンの他に、緞帳《どんちょう》となるような黒く重いビロード地のカーテンもあり、それらは半分が返却カウンター内に、残りは書架に隠れるようにして後部へ無理やり収められているのだ。

人一人どころか、床から天井まである大きな黒カーテンに近づこうとして、咲良はふと足を止めた。

――あ、金木犀の香りがする。

明るいオレンジ色なのに、咲いてたちまちに散ってしまうはかなさが、まるですぐ終わってしまう秋の夕暮れみたいな花の香りが。

カーテンへ伸ばした手を止めて視線を窓の外へ向けると、取り壊された校舎のがれきの残りと、図書室のある旧校舎の壁との間に、一つ、二つと、金木犀の見事な枝が見えた。

(そういえば、以前は中庭だったって聞いたな。すごいな。あれも抜いちゃうのかな。もったいないな、綺麗なのに)

そんなことを考えていた時だ。

遠くから廊下を走ってくる複数の足音が聞こえ、そちらに気を取られた瞬間。

黒いカーテンからにゅっと腕が伸びてきて、声を上げるまもなく口を塞がれ、あっというまに緞帳の内側へと引っ張り込まれてしまう。

突然のことに、うわっと声を上げたつもりが、くぐもった声しかでない。

まさか高校の図書室で痴漢、と青ざめかけた時、頭の上から影が差し掛かり咲良は反射的に顔を上げる。

蜂蜜色の光のまぶしさに目を細めたのも束《つか》の間《ま》、次の瞬間には違う驚きに心を奪われる。

見たこともないほど格好《かっこ》いい男子学生が、苦笑しつつ咲良を見下ろしている。

スッキリとしたシャープな輪郭に引き締まった唇。

凛とした眼差しは涼やかで、咲良の口元を塞ぐ手は陽《ひ》に焼け、しっかりと腕に筋肉が付いている。

生まれつき色素が薄いのか、秋の陽光を透かす髪は、淡い栗色《くりいろ》からオレンジへと毛先に行くにつれ彩《あや》を変える様が、なんとも季節と合っている。

それに加えて、ふわりと外から漂ってくる金木犀の淡い香りがあいまって、咲良は白昼夢でも見ているのかと瞬《まばた》きを繰り返す。

まるで恋愛ドラマかマンガのような展開にぽかんとしていると、相手は唇の前に人差し指をたてて、しーっと囁いた。

同時に、廊下から騒がしい女子生徒たちの声が図書室にまで響いてくる。

「本当に高槻先輩が居たんだって！」

「チャンスよチャンス！　美保《みほ》、マジで！」

「や、抜け駆けは禁止。私もお近づきしたいっ！」

黄色いを通り超して、もはや悲鳴か絶叫に近い大声に顔をしかめつつ、言われた通りに声を殺していると、がらりと乱暴に図書室の引き戸が開けられ、足音を立てながら四、五人ほどの人物が――恐らく、廊下で騒いでいた女子生徒たちが入ってきた。

「あれ？　誰も居ないっぽいよ」

「嘘ーぉ。こんなチャンスないと思ったのに。用事もないのに一年が三年の教室にはいけないしさあ」

「見間違いじゃない。っていうか、閉館作業中の札がかかってんじゃん」

「高槻先輩、居ますかぁ！」

廊下に居るときと変わらない大声で騒がれつつ、女子生徒たちが探している高槻先輩とやらが、この手の持ち主なんだろうな。とも理解する。

（あー、ひょっとして陸上部のエースの）

棒高跳びだけでなく短距離走でも全国クラス。かといって部活にかまけてる訳ではなく、成績も優秀。

（しかも、この容姿）

アイドルそこのけの爽やかイケメンな顔だ。女子生徒が放っておく訳がない。

恋愛にさほど興味もないので聞き流していたが、クラスにも熱狂的なファンがいるのを知っている。

となると、これはかなり不味《まず》い状況じゃないだろうか。

図書館で二人、暗幕の中でくっついている処を見られれば、どうなるかなんて、男女の付き合いにまるで疎い咲良だってわかる。

即日噂になって、子どもっぽい（実際にまだ子どもではあるが）嫌がらせをされたり、嫌味《いやみ》を言われたり、あれこれ聞かれたりするのだろう。

それは静寂と読書を愛する咲良にとってはまるで嬉《うれ》しくない状況だ。

一層息を潜《ひそ》め、身動きしないよう気を付けていると、ありがたいことに女性生徒たちは、入口から書棚のほうを一瞥《いちべつ》しただけで無人と思ってしまったようで、あれこれ言いつつ出て行ってしまう。

扉が閉まって数秒、あるいは数十秒だったかもしれない。

動かず、息を詰めて固まっていた男子生徒――高槻と呼ばれていた――が、はーっと溜息を吐いて肩を降ろす。

それを黙って見ていると、相手は首をひねった後であわてて咲良の口元から手を離してから頭を下げた。

「ごめん、驚かせて。でも、ちょっと……」

「見つかりたくなかったみたいですね」

さりげなく男子生徒から距離を取って向き合えば、相手は照れたようにはにかんだ。

不意打ちで見せられた幼い表情にドキリとしていると、彼は秋の日差しと同じ柔らかい笑みで言う。

「そう。……世話になった先輩の妹さんたちで。まだ中学生気分が抜けないというか。こう、追い回されてて。捕まれば捕まったで強引に話し相手にさせられるから、隠れていたかったんだ」

「それで図書室ですか」

呆れた声になったのは、ここが咲良にとって特別な場所だからかもしれない。

だが相手が隠れ場所に選んだのも理解できる。

ともかく人が来ないのだ。理由をつけて図書委員がサボるのも日常化してしまうほど。

けれど咲良にとっては大切な場所だ。一人で好きな世界にひたっていられる唯一の場所だ。

家より居心地がいいかもしれない。

(口うるさく言う親はいないし)

そんなことを考えていると、招かれざる客である高槻はまた「ごめんね」と気易《きやす》く謝る。

正直、三年生が一年に取るにしては大分、いや、かなり物腰が柔らかい。

精悍《せいかん》そうな外見に似合わず、随分育ちというかしつけがいい雰囲気もある。

「隠れるのはいいですけれど、あまり騒ぎにならないようにしていただければ」

「それはもちろん。ここがどこかはわきまえてるよ。はい」

そう言って両手を差し伸べられ、咲良は首をひねる。

「なんでしょうか」

「本、重いだろう？　巻き込んだお詫《わ》びと言うほどのことでもないけれど、委員会の仕事を手伝わせてくれないかな」

手伝うよ、ではなく手伝わせてくれないかなというあたり、やっぱり物腰が柔らかい。

いきなりカーテンの中に引き込まれた時は痴漢かと警戒したが、どうやらそんなことはなさそうだ。

というより、容姿端麗、成績優秀、文武両道と褒める四文字熟語がいくらでも出てきそうな彼が、ごく普通どころか、地味で目立たない図書館の影扱いの咲良に興味を持つとも思えない。

今日の返却は図鑑ばかりで、腕も怠《だる》くなってきたところなのでありがたく申し出を受けることにする。

どうせ十五分で退屈して出て行くだろうと見ていた咲良の考えとは裏腹に、高槻はきっちり最後の一冊まで手伝ってくれた。

その上、理科数学関係の棚あたりは熟知しているらしく、下手な委員よりよほど手際が良いことに驚かされる。

「ありがとうございました。おかげで、一本早いバスで帰れそうです」

「それはよかった。……ええと、だったら、また、ここに来てもいいかな」

少しだけためらいつつ高槻が申し出て、それに続けて咲良の名を呼ぶ。

「桜庭さん？　だっけ」

「よくご存じですね」

またわずかに警戒し、返却カウンターの端に置いていた通学バッグを手に掴むと、彼はあわてて手を振った。

「や、隠れてる時に司書の先生がそう読んでいたから。一年の桜庭咲良さんだっけ」

ああ、なるほどと思いつつ、驚かされてばかりなのもちょっとしゃくで、咲良はうなずきながらやり返す。

「そうですよ。三年の高槻敬真先輩」

「やられた！　ははは、そう。高槻だ。よろしく」

なにがよろしくなのかわからないが、この分では駄目と言われても、またこっそりカーテンの裏に隠れているだろう。

予想できた咲良が、騒がず、委員会の邪魔をしないならばと伝えると、彼はやっぱり照れたように、だけど嬉しげにはにかんで。

——そして、どこかから金木犀の香りがした。

それからはほぼ毎日、高槻は図書室に現れては例のカーテンの裏に居座るようになった。

そうして人の居ない時間になると、咲良の返却作業を手伝ったり、雨でバスが遅れた時は宿題や勉強を見てくれたりと、友人のようでそうではない、先輩後輩というには堅苦しくない、どこかあいまいな境界線を行き来する付き合いを続けていた。

だが十代なら珍しくもない。

部活や委員会、あるいはなかよしグループとかいう枠組みの中でこそ、大人社会の真似《まね》をして上下を見定めあって、距離を取って礼節を持って接する相手でも、イレギュラーな場所で会うと、途端に同年代というくくりになる。

かと思えば、ふとした瞬間——例えば、難しい数学の公式を、サラサラと流れるように解いていく真剣な横顔を見た時など——に、二学年の歳の差を越えて、彼が大人に見えたり。

だけどどちらともなく、図書室の中だけの関係だろうなというのは気付いていていた。

実際、図書室の外で会っても他人のように互いに目線を外し、挨拶すらしない。まるで知らない世界の住民のようにすれ違う。

そうしなければ、図書室という二人の世界が壊されて、この居心地がいい——そう。森の中で迷っていて、ようやく同類の獣をみつけたような——関係が崩れてしまう気もしていた。

そんな関係が崩れたのは、本当に偶然だった。

二人が出会って二ヶ月が過ぎ、いつしか中間試験も終わり、二学期最大のお楽しみでもある文化祭を控え、学内がにわかに騒がしくなってきた頃だ。

その頃には一年生も高校という場所に慣れ、初めてのイベント、それも男女や恋愛を意識するシチュエーションが満載の学校行事に浮かれていた。

このイベント——十一月が終わってしまうと、三年生はもう受験優先で、学校にも出て来なくなることが多い。

そのためか、後夜祭で誰に告白するだの、いや初日に告白して、一緒に文化祭を楽しむだのの話題でもちきりだ。

とはいえ咲良は相変わらずである。

図書委員には企画展示もなく、文化祭中も通常運営で、そのため、誰か一人は生徒が貸し出し係として滞在しなければならないとあれば、当然のようにその役目は咲良に回ってきていた。

文化祭に水を差された形だが、咲良個人としては嫌でもない。

おかげでクラスの出し物——お化け屋敷作成という騒動に関わる必要がないし、授業も文化祭準備で潰れ、その間は委員会作業と称して、図書室で本を読んでいられるのだから、願ったり叶《かな》ったりだ。

贅沢《ぜいたく》を言うのであれば、いつものように来ていた高槻が、ぽつぽつとしか姿を見せなくなってしまい、文化祭初日などは、一度も姿を見なかったことが寂しいぐらいで。

（二ヶ月の間で距離が近くなりすぎたかな）

意外にも読書家で、自分が好きな作家がかぶっているというのが発覚してから、咲良は少しだけ、いや、かなり放課後が楽しくなってきていた。

一人でやるのは大変だった委員会作業も、高槻と二人でやればあっというまだし、残った規定時間は宿題をしたり、読書したり。

時々、読んだ本をオススメしあっているのだが、それが、すごく楽しい。

一人っ子で子どもの頃から本が好きな咲良に反して、一緒に通学する近所の子らやクラスメイト、とどめは同年代の従兄弟《いとこ》たちまで、そろって活動的かつ社交的で、あまり話題が合わないのだ。

普段は頑張って相手に合わせて、ドラマやネットの情報を仕入れたりする上、ＳＮＳでは聞き役に徹しているため、無視されたり、いじめられたりはしないが、なにかやるならまず誘う、顔が浮かぶというポジションにはなく、数あわせでさそってみようか、的な位置の人物だと自認している。

（まあ、お母さんはそれが気に入らないみたいだけど）

「女が頭がよすぎてもかわいげがない」とか「社交性がないと母親になったら困るわよ」と愚痴るのだ。

母親はそれですっきりするだろうが、咲良からすると地味にきつい。

親から駄目だ、駄目だと言われるのは、しつけのつもりとわかっていても、どうしたって自己評価は下がっていく。

その点、図書館はいい。

静かにというルールの下、誰も彼もがいないように振る舞って、本という自分の世界だけ見ていることが許される。

その上、最近は高槻がなにかと咲良を褒めたり、肯定するようなことを口にするのもうれしい。

宿題ができたとか、面白い本を教えてくれたとか、そんなことでも感謝してもらえるのが嬉しいし、司書を目指しているので本で楽しくなってくれる人を見るのは心地よい。

けれど、多分、それ以外の理由でも最近は楽しかったのだと、ここ数日、まるで姿を見せない高槻の事を考えつつ理解してしまう。

（多分、気付いちゃ駄目なやつ）

返却カウンターの中、本のページに指を沿わせつつ咲良は唇を噛《か》む。

そうしなければ、今日何度目になるかわからない溜息が出てしまいそうだった。

文化祭だから忙しいだけ。

そう考えようにも、今度は違う方向に気が行ってしまう。

クラスの出し物の準備に追われてる可能性もあるし、部活の後輩から相談されているのもあるだろうが、多分、いや、かなり、女生徒から告白されているのではないだろうか。

陸上部の部長をしていた上、インターハイでも記録を残し、その上、クラスは理系の特進科。とどめに、第一志望は東京の医科大学だとも、最高学府の理三だとも聞いている。

最後の思い出つくりにと、同学年から後輩、果ては他校の生徒からも声がかかってるだろうことは想像に容易《たやす》い。

その中の誰かが彼の心を射止めている、あるいは、自分から好きな子に告白して恋人になっている可能性もあり、それゆえに図書室に来ないのだ。と考えが及んだ瞬間、胸がちくりといたんで読書どころではない。

こんなことは初めてだ。

物心ついてから本を読み進めない日なんてなかった。一ページも読まない日はなかった。

どんなに体調が悪くても、インフルエンザだったとしても、咲良と本、本と咲良は血管で繋がれているように、互いが自己の一部だった。

なのに今日は、まるでページがめくれない。

一行読もうとするたびに、その文字の先に違う景色が——高槻が見せたはにかんだ笑顔や、真面目な横顔、帰り道で一緒に肉まんを食べた時の無邪気そうな顔が浮かんで消えて、そして心が些細《ささい》に痛んで、痛みが鋭すぎて、まるで本の世界に入り込めない。

（多分、気付いちゃ駄目なやつ。気付いても名付けちゃだめなやつ）

呪文のように繰り返し、咲良は気持ちを理性の鉄箱に収めようとする。

なのにどう抑えたって、心が勝手に妄想しては臆病な自分を嘲《あざけ》ってくる。

今頃誰かの告白を受けて、幸せいっぱいの恋人として、後夜祭にどうするか、あるいはどの出し物を見るか、肩を寄せ話あって歩いている。

図書室の薄暗がりに潜む、まじない老婆のような主のことなど、咲良のことなど欠片《かけら》も頭にない。

そうなる前に気付いて告白すればよかったのに。

ああでも、告白しても相手にされることはない。彼はあまりにもまぶしすぎて――図書室という本の森に隠れる咲良には、不釣り合いすぎる。

静かで孤独で、それが好きという娘は王子様には似合わない。

もっと普通で、もっとかわいげがあって、もっと明るい子が似合う。

咲良の母親が口にするように、社交性の低い咲良が駄目なのだと気分が沈む。

（これは駄目なやつ）

溜息をついて立ち上がる。それから読んでいた本を閉じてカバンにしまい、纏《まと》わり付《つ》く劣等感の影から逃れるために背伸びする。

「返却作業しようっと」

半分しておけば早く帰れる。後夜祭には全員参加のルールはない。こんな日は早く帰って、お風呂に浸《つ》かって、ベッドの中でお気に入りの本を読みながら眠ってしまおう。

明日は代休日だから、市立図書館に足を伸ばしてもいいかもしれない。

違うことを考えよう。文化祭でない、高槻でないことを。

返却カウンターの内側にある棚から、返ってきた本を腕に抱けるだけ抱いて咲良は図書室を歩いて回る。

文化祭の展示でテーマ喫茶をするクラスが多いためか、海賊とかメイドがいたイギリス王朝の図鑑とか、果ては洋装や海洋に関する本と、今日はとにかく図鑑や事典が多い。

だがこんな考えに悩まされる時は、身体を動かすのが一番だと経験からわかっているので、あえて、限界まで腕に本を積み抱いて、一冊一冊、本来のあるべき場所へ、棚の空白地へと戻していく。

(あとちょっと、奥まで押したいな……)

分厚い海洋史の本を棚の一番上へと押し込みつつ考えていると、唐突に入口の扉が開かれ驚いた。

こんな時間に誰だろう。もうみんな後夜祭に行きだしてるころなのに。

内心いぶかりながら振り返り、咲良は思わず目を見張る。

高槻がいた。が、その格好がただ事ではない。

来ているシャツはぐしゃぐしゃで、ブレザーの前は開かれ、一つか二つボタンが取れている。

その上に、なんだか頭に緑色だの灰色だのの鬱蒼《うっそう》とした森を思わせる紙テープをくっつけているのだから、驚くのもしょうがない。

いつもきちんとしている彼らしくない。そんな風に思っていると、彼は咲良にむかって口元に指を立てる。

――あ、出会った時と同じだな。と瞬きをした途端、そっちに行った⁉ だの、いや、見えないからトイレかもーとか、女子が騒いでいるのが廊下から聞こえてくる。

また追いかけられているのか、この人は。と熱心な女学生に対しても呆れつつ、咲良が黙っているとそのうち足音は遠くなっていった。

「ごめん、ありがとう。助かった」

「いえいえ」

追われている高槻の格好も酷《ひど》いが、表情も、不意打ちで風呂に入れられた子犬みたいなしょんぼり顔で疲れ切っている。

この様子だと、朝からずっと逃げていたんだろうなと思い、ふふっと笑いを漏らすと、高槻は別にムッとするでもなく頭から紙テープを取ってゴミ箱へ捨てつつ、ぼやく。

「参った。お化け屋敷なら隠れていてもバレないと思ったのに、なんでかバレて、逆に俺が暗闇でひっつかまれて触られて……なんでオバケ役が恐怖を感じるんだ。オバケ屋敷で」

たまらず、ぶはっと吹き出すと、その弾みに背中が本棚に当たってしまい、中途半端に戻されていた本が一冊落ちてきた。

「危ない！」

あっ、と思った時にはもう遅くて、立て付けが少し悪くなった本棚から次々に本が落ちてくる。たまらず目をつぶってしゃがむけれど、まるで痛みはなくて、ただ本が床に落ちる乾いた音ばかりが続く。

やっと音が収まったので、どうしてだろう。運がよかったのかなとそろそろと目を開けば、咲良に覆《おお》い被《かぶ》さるようにして高槻が身を庇《かば》ってくれていた。

「つ、てえ……」

何冊か当たったのだろう、彼が目をすがめ呟《つぶや》くのに、御礼とお詫びを言わなくてはと思うも、まるで口が動かない。

——距離が、近い。

初めて出会った時よりも、今まで一緒にすごしてきたどんな時間よりも、高槻の顔が間近に迫っていて、咲良はそれにドキドキして声すら出せない。

熱く鋭い吐息が額を撫でることにも緊張してしまうし、彼の身体から漂う爽やかな柑橘系《かんきつけい》の香りにも気を引かれてしまう。

ぼうっと相手に見蕩れていると、視線に気付いた高槻も咲良の方を見つめてくる。

目があった瞬間、なぜかわからないままままぶたを閉じた。

そうすることが自然なように、おとぎ話のように。

そして次の瞬間、唇に柔らかく温かいものが触れた。キスされたと気付いた時にはもう顔が赤くなっていて、でも嬉しくて、この幸せが夢でないようにと目を開けた時だ。

「好きだ、咲良」

どちらの言葉も初めてだった。好きだと言われるのも、名前を呼ばれるのも、混乱と興奮で頭がくらくらしそうだ。

だけど咲良の中で返す言葉は決まっていた。

「私も、高槻先輩が好きです」

告げ、一拍置いて、どちらともなくまた唇が重なる。

それは二人が恋人同士になった瞬間でもあった。


（だけど、長続きはしなかった）

高槻が出て行った後の扉に鍵をかける。まるで彼を追いかけたがる心を閉じ込めてしまうように。

文化祭の最終日、互いに好きと告白しあい、そして付き合いだした。

幼いけれど誠実で、その分純粋に相手を想《おも》い合う恋だったように思える。

二人とも真面目なタチなので、学内では相変わらずだったが、それでも放課後に家の近くまで送ってくれたり、公園でとめどないことを話したり、土日は一緒に出かけたりした。

高校生の行動範囲なんてたかが知れている。

そのうち、咲良と高槻が付き合っているらしいと噂になり、やっかんだ女子から嫌味を言われたり、足をひっかけられそうになったりしたこともある。

けれどいじめというほどには発展しなかった。

というのも、図書委員の仕事の八割は咲良が担《にな》っていて、咲良が抜けることにより、自分たちに余計な仕事が回ってくるのを嫌がった同じ委員会の先輩たちが庇ってくれたり、友人たちがさりげなく守ってくれたからだ。

土日や夏休み、冬休みなどにも開館していて当番がある図書委員は、他の人から敬遠されがちだが、咲良がいる限り、咲良が担当してくれるので他のメンバーはお役御免。

とくに、受験を控えて一刻も惜しい三年生は、塾で勉強する時間が減るとにらみをきかせてくれたし、二年の先輩も遊び盛りの休日を潰されるのはごめんだと、昼休みに咲良と一緒に食堂で食べてくれたりなんだりと庇ってくれた。

だから実際に持ち物を捨てられたりとか、水を掛けられたりなんてなかったたが、それでも消えない噂はあった。

――高槻には本当に好きな人がいる。だけどその人は好きになっちゃいけない人で、家族を心配させないために彼女がいるふりをしたくて、どうでもいい女生徒を、桜庭咲良を彼女にした。

そんな噂が聞こえだしたのは、付き合って一ヶ月経った頃だろうか。

最初は、ありきたりな上につじつまが合わない。と相手にしなかった咲良だが、徐々に、そうも言ってられなくなった。

高槻はとにかく家からの電話が多いのだ。

いや、家ではなく、実の兄の妻――いわゆる義姉《ぎし》から、すごく頻繁にメッセージや電話が来ることに咲良が気付くまで、そう長くかからなかった。

最初は、親かな、心配性だなと思っていた。というのも高槻が部活の仲間とかクラスメートとか、そんな無難な相手と一緒にいると嘘をついていたし、咲良だってそうだった。

昔気質《むかしかたぎ》な咲良の母親に、異性と付き合っているなどと知れたらとんでもないことになる気がして、家族には彼氏がいることは黙っていた。

とくに高槻は三年で受験を控えているのだから、心配性になるのも無理ないと思っていたけれど、そうでないのに気付くまで時間はかからなかった。

わかったよ、義姉《ねえ》さん。大丈夫、義姉さん、と電話口で高槻が頻繁に口にするようになるまですぐだったし、それに加えて頻度も上がってきた。

やがて、「家がゴタゴタしているみたいだから」と高槻がデートの途中で帰るようになりだし、同時に、高槻が帰らないと、電話から漏れる女性の声がヒステリックになっていくのにも気づきだしていた。

最初こそ知らない顔をして、家が大変なんだと自分をごまかしていたけれど、クリスマスの映画デートを、会って十分で切り上げられてはもう無理だ。

——彼は、好きになっちゃいけない人、義姉が好きで、それを悟られないようにどうでもいい女生徒である咲良と付き合っている。

そんな噂が真実味《しんじつみ》を帯びてきて、楽しい時間も気が重くなりだす。

咲良の浮かない顔に気付いたのだろう。高槻は一度だけ「恥ずかしい話だけど、兄が浮気して義姉が不安定なんだ」と教えてくれたけど、それを慰めたり謝ったりするのは、彼の兄であり両親であるべきだし、義弟といってもまだ高校生の高槻が頻繁に呼び戻される意味もわからない。

どうでもいいのかな、本当かなと、そんな悩みを抱えて迎えたクリスマスに置き去りにされてしまったのでは、もう、諦めるしかない。

丁度、咲良の家でも、公務員の父に転勤が決まってしまい、単身赴任か家族と一緒かという話がでていたこともあり、徐々に連絡を取らなくなっていって、新年の初詣でも、やはり途中で帰られてしまってからは、着信を拒否にしてしまった。

その頃になれば、高校三年が学校に来ることはほとんどなく、高槻も受験——しかも医科大や医学部——が迫っていたからか、二人が顔を合わせることもなく、合わせた時には必ず誰かが隣にいて、親密な話などまるでできないようにして彼を遠ざけて。

そして親と一緒に引っ越してしまった。バレンタインデーまであと二週間という、一月末のことだった。

(転居先で編入したのは女子高だったから、それっきり。彼氏もいないどころか、男性に免疫もつかないままこの歳まできたけど)

なんだって、今頃、縁が切れた元彼と会ってしまったのか。

「しかも、別れた気はないって……。今更言われても、困る」

やっと一人に慣れてきて、あと数年すれば、高槻のことも思い出せないまま、おひとり様か、あるいは親が仕組んだ見合いの誰かと結婚して、普通の家庭を普通に築いて生きていけそうだったのに。

「人生って、上手くいかない……」

そんな風にぼやいてみても、動き出した時間はもう止められないことを、咲良は頭のどこかでわかっていた。

4．ひたむきに口説かれ心揺れて

できるだけ高槻のことを考えなくていいように、咲良は家事に打ち込んだ。

洗濯物にアイロンがけ、掃除では床まで磨き上げ、必要もないのに冷蔵庫のチェックと掃除をして、とにかく黙々と手を動かして、頭を使わないようにしていた。

なのに、狭いワンルームの部屋では頑張ってもさほど家事は多くなく、一日かければもうやることはなくて、仕方なく日曜日は近隣にある市立図書館へ出かけたものの、ふとした弾みに、例えば、二人して好きだった小説や文学書のタイトルを目にしては彼の笑顔を思い出し、書架の端から人影がさせば、彼が現れたのかとドキッとしてしまう。

結局、大して本も借りないまま昼過ぎには図書館を出て家に戻ってみるも、本を手にとってはページをめくり、違う本に浮気する。

そんな風にして土日を漫然と過ごし、これではいけないと気合いをいれて早起きし、弁当にストックしておいた惣菜《そうざい》をつめて出勤した月曜日。

連絡事項伝達の朝礼が終わり、開館処理をしてカウンターについてすぐ、嫌というほど救急関係の本を手に抱えた高槻が、咲良の前に立っていた。

救急部の医師がお揃《そろ》いできているダークグレーのスクラブに、医師といったらお決まりの白衣姿を見て、本当にドクターなんだなあ、夢を叶えたんだなあとつい見蕩れていれば、ここぞとばかりに声をかけられる。

「これを借りたいのですが」

にこやかな笑顔とは裏腹にハキハキとした物言いが救急医らしく、凜とした彼の外見にすごく似合っている。だから、ワンテンポ返事が遅れた。

「あっ、はい。ではＩＤカードを」

病院職員のＩＤで貸し出しを管理しているため、高槻が白衣の胸ポケットから下げている顔写真と所属つきのＩＤカードの提示を求め手を伸ばせば、彼は外したＩＤを咲良の手の上に載せながら、さりげなくもう片方の手も添え、咲良の手をつつみこむ。

「これも、借りたいのですが」

低く、囁く声で言われ、あまりの色気に心臓が跳ねる。

たちまち火照りだそうとする顔を見られたくなくて、俯いたまま、こんなやり方はずるいと思う。

「貸し出しできるのは図書だけです。これは備品ですので」

やや頬を膨らませつつやり返せば、途端にぷっと吹き出されてしまった。

「備品じゃないだろ」

「同じようなものです。手、放してもらえますか。貸し出し処理できません」

平常心を保とうとして失敗したせいで、変な抑揚のついた声で言えば、相手は高校の時そのままだなと小さく喉を震わせ笑っている。

なにも考えないようにして図書のバーコードをスキャンし積み上げるうち、わずかに冷静さを取り戻した咲良は無表情で告げる。

「以上、七冊、二週間です。期限延長の場合は事前にメールで連絡を」

誰にでもする対応をしながら視線を逸らすけれど、それに構わず高槻は話しかける。

「昼、時間ある？　俺、今日は当直開けでもう休みだから一緒に……」

「次の方どうぞ」

並んでる人なんていないのに素っ気なく告げる。と、高槻は咲良が仕事中だから相手にしないのだと考えたのか、また昼に来る。と言い残して去っていった。

それからは返却や貸し出し作業に熱中することで、高槻のことを考えないようにして午前中の当番時間は終わってしまった。

十一時、昼番の人が変わりにカウンターへ入ったのを確認して事務室に戻ると、課長が眉を寄せて桜庭さんと手招きした。

「城崎さんのことなんだけど」

言われて初めて彼女の存在を思い出す。

高槻との再会が衝撃的だったのと、その後に一夜（なにもなかったが）過ごしたこと、最後の台詞などで頭がいっぱいで、そこまで気が回らなかったのだ。

合コンという嘘で咲良を犯罪の被害者にしようとしていた彼女は、朝からまるで見かけなかったので休みか、あるいはいつもの遅刻だとも考える。

（あんなことして、のうのうと来られる訳ない……けど、彼女なら逆に、あのドクターは誰ですか？　紹介してくださいぉ。とうるさそうな気もするけど）

城崎が使っていたデスクへさりげなく視線をやって、はっと気付く。

先週末まであった私物がまるでない。

どこかのブランドだとかいうスマホスタンドも、到底仕事に必要と思えないネイル直し液の瓶も、キャラクターでゴテゴテした文具も、馬鹿みたいにカラーをそろえ並べていたリップもまるでない。

がらんとしていて、昨日入れ替えられた机みたいになっている。

え、金曜日にはゴチャゴチャしてたよね、と瞬きし、次の瞬間ゾクリとする。

まさか、あの合コンの事が原因で辞めたとか――？

だから課長が話を聞きたくて呼んだのではと、背中に冷たい汗を感じつつ課長席へ向かえば、彼女は声を潜めて言う。

「城崎さん、突然だけど辞めちゃったの。というより事実上解雇」

「えっ」

辞めたという予想はしていたが、解雇というのは考えておらず驚く。

自分との一件以外にも、なにかしていたのだろうか、それとも勤務態度の悪さで苦情が殺到したのか。

内心首をひねりつつ、だけど口を出せそうにない雰囲気だったので黙っていると、課長は、はーっと溜息をついて眉間の皺を擦る。

「なんでも、病棟のドクターと不倫してたんですって。それも二人。おまけに別のことで警察沙汰になりかけているとかなんとか、それで、学長があわてて辞めさせたそうよ。表沙汰になったら学長まで被害が及びそうだからって」

私も図書部長からそれとなく聞いただけだから、詳しくは知らないけどと付け加え、課長は続ける。

「なんでも、先々月あたり、彼女とその仲間のせいで救急に運ばれてきた子がいるらしくて、被害届を出されそうだとか、見つけた救急医が通報したそうだとかで」

言われた瞬間、ピンと来た。

――高槻だ。高槻が手を回してくれたのだ。二度と咲良が被害に遭わないように。

そのことに驚きと歓《よろこ》び、それと同じぐらいの後悔が働く。

当直だって言ってた。だけどひょっとしたら土曜日から病院にいたのかも。その間にあちこち奔走して、城崎が辞めざるを得ないように追い込んだのかも。

だとしたら、先ほどの態度は素っ気なさ過ぎた。

これだけ頑張って手を回して、短時間のうちに咲良が不快にならないよう、月曜日までに間に合わせてくれたのに、それに対して失礼と言ってもいいほど無愛想な対応をした。だから、彼はもう来ないかもしれない。

(よかったじゃないの、ごく普通の日常に戻れて)

理性がそう繰り返すが、感情がなんだか落ち着かない。ものすごく相手に悪いことをした気がしてしまい、そわそわしていると、課長はなにを勘違いしたのか、すごく申し訳なさげな顔となって咲良へ手を合わせ拝む。

「ごめんなさいね、今までも頻繁だったのに、これからしばらくは学内の図書移動は、桜庭さんにお任せになりそうだわ。なるべく早くアルバイトかパートで補充できるよう上に掛け合ってるけど、夏の間になんとかなるかどうか」

「あ、いや、それは大丈夫です。歩くの好きですし。……がんばります」

あわてて付け足せば、課長はあからさまにほっとした表情で苦笑する。

「本当にごめんなさいね。なにか他のことで埋め合わせさせてもらうわ」

「お気遣いありがとうございます。でも、本当に大丈夫です。仕事ですし」

そういうと、課長は、若い子がみんな桜庭さんみたいだといいのにねえ。とぼやき、また自分の仕事へ戻って行った。

咲良は自席に戻り、早番の昼休憩としてお弁当を取り出す。

その弾みに、空っぽとなった城崎の机が目に入り、そっと内心で息を吐く。

これはしばらく、高槻に対し申し訳ない気分を持つことになりそうだ。


(すっかり遅くなっちゃったな……)

学内委員会に出ていた咲良は、腕時計を見ながら溜息を吐く。

思ったより意見交換が長引いて、昼休みを過ぎて終わってしまった。

他の参加者は出席前に食事を済ませたりしたようだが、月曜日ということで学生からの本の返却で大忙しだった咲良は、前倒しで食事を取る時間がなかったのだ。

もっとも、返却のピークは午前中で過ぎ去ったらしく、午後二時となった今では暇らしく、連絡した課長からは「ゆっくり食べてきていいわよ」と言われた。

が、病院周りの飲食店のランチタイムはもう間に合わないし、コンビニに行っても、まだ夕方の分のお弁当などは補充されていないだろう。

こんな時に限ってお弁当を持ってきてないなんて、と思うが、八月に入ってからというもの、いきなりの猛暑がつづいており、持ってきていても食中毒が怖い。

そんなわけで、ここ数日頼りにしてる食堂へ行くことにした。

なにも残っていないだろうが、麺類とカレーなら多めに作るので、いつだって余ってる。

今にも鳴りそうな腹を抱えて食堂へ行けば、ものの見事にがらんとしている。

咲良の他に利用者はといえば、奥のほうにあるテレビから流れるワイドショーをみながら雑談している、夜勤まちの看護師らしき三人組だけで、ほかは誰もいない。

並ばなくていいのは嬉しいが、メニューはやっぱりカレーとわかめうどんだけで、咲良は少し迷った末にわかめうどんを頼む。

猛烈に湯気を上げているうどんの丼を載せたトレイを持って、窓側の席に座る。と、ちょうど病棟の屋上にあるヘリポートから医療用ヘリが飛び立つ処だった。

(……高槻先輩どうしてるかな)

すげなく食事の誘いを断った日から、すでに一週間ばかり経っている。

その間に二度ほど図書館で彼を見かけたが、論文の文献をあたってるのか、患者の症状を探しているのか——ともかく、閲覧テーブルで本とノートを開いて真剣な顔をしていたので、声をかけられなかった。

いや、声をかけられる隙があったとしても、なにを言えばいいのかまるでわからなかったが。

ありがとうございますと伝えることは決まっていたが、そこから先がまるで思いつかない。

勉強ですかとか、仕事大変そうですねとか、そういった当たり障りのない言葉は掛けられるかもしれないが、本当に聞きたいこと——咲良の家から出て行く間際にキスしてきたことと、別れたと思っていないということについては、到底聞けそうになかった。

（いや、聞いてどうするという訳でもないんだけど）

多分、聞こうと思って勇気を振り絞れば、聞ける。

だけどそこから先、自分がどうしたいのか、どう思うかがわからなくて怖い。

（どうしたものかな）

案外、相手はなんとも思ってないのかもしれない。

キスだって、昔が懐かしくてしただけで多分なんの意味も——。

そう考えて、記憶を風化させようとしていた時だ。

「ここ、空いてますか」

にこやかな声で尋ねられ、思わずはい、と返事したあとにしまったと顔をしかめる。

声の主は、してやったりという風な笑顔を浮かべ、断る隙も与えないままカレーの皿が載ったトレイを咲良の前に置く。

「他に、空いてる席ありますよね……高槻先輩、いえ、先生」

ここが高校の食堂ではなく、職場の食堂だということを思い出した咲良が、目の前に座ったスクラブの男性に言えば、彼はニヤッと口端を上げてスプーンを手に取る。

「俺は、ここがいいんだ」

「じゃあ、私が移動します」

「いいよ。だったら俺も移動するから」

あくまでも同席になるという意志を当たり前に見せつつ言われ、咲良は折れる。

(というか、高校時代はこんなに強引だったかな)

いや、そんなことはなかった。

きっと、医師として命のかかった戦場をいくつもくぐり抜けてきた自信と、経験が彼をほんの少しだけ強引に変えてしまったのだろう。

が、嫌な強引さではない。

本気で咲良が嫌がっていれば引くだろうことがわかる、声の軽さがある。

これは降参するしかないなと苦笑しつつ箸を割るも、うどんにはまだ手をつけられそうにない。というのも咲良は猫舌なのだ。

「相変わらずだな、その猫舌」

懐かしげに目を細めつつ、高槻はお先に、とカレーを掬《すく》う。

「あの、この間はありがとうございました」

「ん?」

「城崎さんのこと……。高槻先輩でしょう」

他に誰が聞くという話でもないが、大っぴらに語るものでもないような気がして声を潜めれば、高槻は一瞬だけ面白くなさそうな顔をして鼻を鳴らす。

「まあ、そうだけど。……気にすることじゃない。ああいうのはほっとけばつけあがって、別の誰かに同じことをする。実際、被害者もそれなりにいたようだしな」

合コンで睡眠導入剤を酒に混ぜたことだ。

「咲良が気にすることじゃない。理由も、ありがちで身勝手な内容だったし」

「え、そこまでわかったんですか」

予想より踏み込んで状況を掴んでいることに目を大きくすると、高槻は眉間に皺を寄せて頭を振った。

「真面目なのが気に食わないって。だが、職場で真面目なのは当たり前だろう。逆に、医師と見れば色目を使うほうが問題だ」

「ああ……まあ」

「しかも、既婚者の医師と関係を持って、あれこれねだってたらしいからな。病院はパパ活の場じゃない」

半分予想していた理由に、傷つくよりも納得してしまう。城崎ならありえそうだと。

もともと仕事に身が入ってなかった上、若い医師とその他への態度がまるで違う。そしてそれで注意されると、自分が悪いのではなく咲良が真面目すぎるから比較されるのだと被害者意識まるだしでひがむのだ。

それでも大切な後輩だからと指導したり、頼まれごとはできるだけ受けたりしていたが、相手にとっては口うるさい先輩もしくは、都合のいいパシリ程度にしか思われてなかったのだとがっかりしてしまう。

「落ち込むことじゃない。咲良は正しい」

きっぱりと言われ、少しだけ落ち込み掛けていた気分が踏みとどまる。

「それより、うどん、食べないと伸びるぞ」

気負わせないようにだろう、からかう口調で高槻が言うのに合わせ咲良はうどんに箸を伸ばす。

丁度話題も途切れて、なにを話せばいいのかわからないなと思い始めた処だったので、咲良は食べることに集中する。

けれど、じっと高槻が見つめてくるのが気になって、いつものように勢いよく啜《すす》ることができず、進みは遅い。

「えっと、それで、高槻せんぱ……先生は、どうしてあのカフェバーに？　待ち合わせだったんじゃないですか」

彼女とか、と言いかけたのを飲み込んで相手を見れば、彼は半分ほど食べ進めていた匙《さじ》の動きをとめて、ほんの少し躊躇《ためら》う。

やっぱり彼女かな、彼女じゃなくても女性と待ち合わせだったりとか。だったら悪いことをしたなと、後ろ向きに考えていると、高槻はほんの少しだけ顔を赤くしてそっぽを向く。

「笑うなよ」

「聞く前からそんなこと言われても、困ります」

すっかり巨大化したうどんのわかめを突きつつ返せば、高槻は頬を掻いて咲良の方に顔を寄せる。

急に距離が近くなり、心臓が小さく跳ねる。

思わず箸を止めて相手を見れば、至極真剣な目をされていて。

「パフェ」

「え？」

「あそこのパフェが目当てで、仕事帰りに足を伸ばしていた」

言われ、思わず吹き出す。そう言えば高槻は外見に似合わず甘党だった。

もちろん、辛《から》いものやしょっぱいものもそれなりに好きなようだが、とくに甘いもの、それも和菓子とかではなくチョコレートや生クリームなどが好きで、受験勉強で頭が疲れた。と言っては咲良をさそって街の喫茶店やカフェに一緒に繰りだしていた。

そのことを思い出して顔をほころばせていると、笑うなって、言っただろ。と額を突かれまたドキリとする。

いけない。心が過去に引き戻されていく。

混じりけの無い純粋な気持ちを、恋を抱いて、それを信じていたころに。

(でも、彼が好きなのは私じゃなかった)

遠くから聞こえた声に、咲良の表情が強ばる。それは高槻にも伝わったのだろう。

気まずげな沈黙を三秒ほど挟んで、彼は名残惜しげに椅子に座り直して咲良と距離を取る。

「ともかく、元気で良かったです。……これからも顔を合わせることがあるかもしれませんが、よろし……」

「なんで、距離を取ろうとするんだ」

硬い声で聞かれ、咲良は喉を詰まらせる。

「やめろよ、そういうの」

「そういうのって、だって、別に」

私たちは特別な関係ではない。過去にそうだったとしても今は違う。

伝えたいのに唇はわななくばかりで、箸で摘まんでいた最後の一本のうどんがつゆの中に滑り落ちてしまう。

「俺は、何度だっていうけど、咲良とはあれで別れたと思ってない」

「……どうして」

ようやく声を出せば、彼はぐっと眉を寄せ唇を噛んだ。

「突然連絡が取れなくなって、学校でも避けてばかりで、別れたって噂まで流れていて」

絞り出すように告げ、高槻はいつのまにか空になったカレーの皿を横によけて、テーブルの上で手を組む。その手の甲の節がきつく盛り上がっていることで、彼が強い感情を抑えようとしているのはわかった。

「だって」

知らず引きつる喉から、咲良は声を絞り出す。

「だって、そうするしかないでしょう。…………高槻先輩が好きだったのは、私じゃなかったから」

震える唇から、一番伝えたかった言葉が漏れれば、間髪入れず高槻が言う。

「そんなこと言うな。……やっぱり、そこか」

はーっと大きく溜息をついて、彼は両手で顔を覆う。

「誤解されてるような気はした。後になってから、つまらない噂が流れてることを聞いた。俺が……元義姉に惚《ほ》れてるって」

「元……？」

「離婚したんだよ。兄貴。……それについて話したいが、ここで話すことじゃない。だから、最後だと思ってもいいから、俺に話す機会をくれないか」

知りたい、と思う気持ちと、知るのが怖いと思う気持ちが一緒くたになって、心を揺らす。

だが、高槻が放った次の一言に咲良ははっとする。

「このままじゃ、俺たちは先に進むことができない。付き合うにしろ、別れるにしろ」

俺は別れるなんて嫌だけどな、と言いつつ空になったカレーの皿に匙を置いて、まるで審判を待つ咎人《とがにん》のように高槻は目を伏せる。

「だけど、咲良が辛いなら、無理にとは言わない」

過去を掘り返すのは辛い。まだ高槻に思いがあると聞かされても、それを嬉しいと素直に思えない。いや、嬉しいという感情はある。

――だけど、また、あの時のように置き去りにされたら、二度と立ち直れない。

（でも、知らないままだと、ずっとここに立ち止まったまま、誰を好きになることもできず、一人で人生を終えるかもしれない）

彼以上に好きになれる人はいない。高校生の頃はそう思っていたし、今も多分そうだ。でなければ、こんなに未練を引きずってなんかいない。

「話を、しよう。あの時にできなかった話を」

真剣で、断ることをはばかられる強い声に、咲良は気圧されうなずく。

「……よかった。じゃあ、いつがいい」

「先生の都合がよい時で、構わないですよ」

震える喉からか細い声を出す。

怖いのと期待する気持ちがない交ぜになって、咲良を混乱させる。

過去になにがあったのか知りたいという思い。逃げた過去と向き合う怖さ、そして、パンドラの箱に残ったちっぽけな希望みたいな、淡い想い。

いろんな感情がごちゃごちゃになる中で、それでも、高槻が医師であること、簡単に都合がつく身ではないことだけはわかった。

(昔と同じように)

約束だけして、また去って行かれたら、今度こそもう二度と立ち直れない。

そう考えたのが伝わったのだろう。

高槻は組んでいた手を解き、いつしかテーブルの上に置いていた咲良の手を取って固く握る。

「今度は、最後まで一緒にいる」

約束だと言わなかったのは、それが、二人の別れた過去において重い意味を持つからかもしれない。

それだけ伝えると、高槻はポケットからスマートフォンを取り出す。

「じゃあ、連絡先を教えてくれないか」

少し躊躇うような間があったのは、彼も怖いからだろうか。

咲良は少し迷った後で、結局、同じようにポケットからスマートフォンを取りだし、通信機能を使って違いの電話番号を交換する。

途端、冬に固く閉じていた木の芽がほぐれるように、高槻がふわりと笑う。

「よかった」

「え？」

電話番号を交換しただけにしては、やけに嬉しそうに呟かれ目をまばたかすと、彼ははにかみながら告げた。

「また、咲良と繋がれた」


もう番号変更も着信拒否もするなよ、と半分本気に、半分冗談気味に告げた高槻は、時間、過ぎてるからと、少し慌てた様子で救急医療部のほうへ戻って行った。

しかも律儀に、今夜電話する。との言葉を残して。

(本当にかかってくるのかな)

狭いワンルームマンションで、ミニテーブルの上にスマートフォンを置いて、膝を抱え、真っ黒な画面を見つめ考える。

約束はしても、相手はドクターだ。人の命がかかっているだけに、時間通りに仕事が終わるとも思えない。

どうせかかってこない。——そう思いながらも、晩ごはんを冷蔵庫にあった作り置きで手早く住ませ、お風呂だって湯船に浸かる時間がもったいなくて、シャワーをさっと浴びるだけで終わらせた。

(私、なに、そわそわしてるんだろう)

呆れつつ、同時に、心が浮き立っているのも事実で落ち着かない。

期待して裏切られたくないし、と読みかけの本を手に取るも、まるで頭に入ってこなくて、じゃあ雑誌でもと思っても、どの表紙も同じに見えて手が伸びない。

手持ち無沙汰を誤魔化《ごまか》すために、ミルクティーをいれたけれど、もう、それも冷めだしていて。

「うん、きっと、忙しくてかかってこないに違いない」

気にせず寝よう。明日も仕事だ。寝るには随分早すぎるけど。

二十一時を差し掛けている時計の針を見て、咲良が立ち上がろうとした時だ。

まるでどこかから見ていたかのように、スマートフォンの画面が明るくなり、続いて呼び出し音が鳴り始める。

(かっ、掛かってきた)

高槻敬真という文字と、未設定のアイコンが明滅するのを見て、途端に挙動不審になりかけるも、深呼吸してなんとか落ち着く。

それからスマートフォンをタップして通話に出れば、挨拶より早く溜息が聞こえた。

「よかった。……出てもらえた」

心底安堵《あんど》している声に、なんだか少しだけ申し訳なさを感じつつ、口だけはおどけて「電話ぐらい、出ますよ」などと言う。

だけど語尾が震えているのでは強気の台詞も逆効果で、くすっと小さく笑う声が聞こえる。

「わっ、笑うなら切りますよ」

照れ隠しに可愛《かわい》くないことを言うのに、相手はそんな反発すらも嬉しいという風に声を弾ませて、待て待てと続ける。

「笑わないから切るなよ。なんだか、緊張するよな、こういうの」

「……まあ」

ここで意地を張っても仕方がないので、一転、素直に同意すれば、高槻の声に続いて車の音が聞こえた。

「せんぱ……先生、外なんですか」

「先輩でいいよ。名前を呼んでくれるなら、もっと嬉しいけど」

「そういう風に誤魔化さないでくださいよ。まだ仕事中とか言わないですよね」

だったら、電話している場合ではないのでは、と気遣うと、彼はいや、と短く否定する。

「今終わって、飯でも食って帰ろうかなってとこ。……定時で帰るつもりだったけど、急患が二件立て続けに入って、一人がオペになったから、手間取った。……遅くなってごめん、寝るところだった？」

「いえ、本、でも読もうかなとしてるところでした」

本当は、まさに寝ようかと、寝て逃げようかとしていた処なのを、なんとか誤魔化す。

(なんだろう。どうして私、こんなにドキドキしているんだろう)

高槻が言葉を発するたびに、その声のトーンや口調にいちいち心臓が騒いでしまう。

考えてみれば、こうして高槻と電話するのは十二年ぶりだ。

最後など、相手の言い分もなにも聞かずに一方的に着信拒否にして、携帯番号を変更して、駄目押しに転勤してしまったのだから。

(今思えば、ずいぶんな逃げ方だったわ)

でもそうしなければ、泣いて、怒って、高槻を責めて、それで嫌われてしまいそうで怖かったのだ。

初めての恋はなにもかも手探りで、相手に嫌われることばかり気にして、遠慮がちでもあったのだと、今気付く。

「えーと、それで、いつにしますか」

沈黙が気まずいのと、過去の自分の行動が恥ずかしいのとで用件を急かす。

「私は、大体大丈夫です。月に一度、休日出勤はありますけれど」

基本、図書館は日曜日は休みでも、土曜日は開館しているので交代で出勤することになっているのだ。

「じゃあ、今週の土曜日は大丈夫か？」

「空いてますね。でも仕事は大丈夫ですか」

図書館司書以上に、土日祝日関係なしのドクターだ。無理に予定を空けさせるのも申し訳なくて確認すれば、相変わらずだなと笑われた後で素直に予定を教えてくれる。

「金曜日から当直だから、昼には終わると思う」

「ね、寝なくて大丈夫ですか」

病院に泊まり込んで待機でも、救急車は医師の睡眠時間など考慮してくれない。だから気になり尋ねてみたのだが。

「当直だから暇な時間に寝ているし、昼寝もするから大丈夫。ていうか、慣れてるよ。心配してくれてありがとう。……相変わらず、自分より俺のことを気遣うんだな。そういうところも好きだ」

さらりと好きだと告げられて、咲良は瞬時に顔を赤くしてしまう。

「も、そういうこと、軽く言っちゃって。冗談にしても」

「冗談じゃない。変わらず好きだよ」

甘い。どうかしたら、照れてばかりの高校生の時より甘くなっている。

これが大人か。大人の口説きかとおののきながら口を開閉させていると、電話越しに喉で笑う様子が聞こえ、「じゃあ夕方に」と予定をがっつり抑えられてしまった。

（これは、昔より、手強《てごわ》い……のかもしれない）

今の処、やり直すという考えはない。やり直しても失われる恋なら、しないほうがマシだと思うから。

だけど、こうもてらいなくガツガツ攻められては、心の壁なんてなんの意味もなくなってしまう。

「いや、事情を聞くだけだから。スッキリしたいだけだから」

過去、彼が自分より違う女性を優先した理由、それを知りたいだけだ。

が、好奇心は猫を殺すように、迷える子羊を恋に堕《お》とすこともあるのだと、このときの咲良はまるで気付いていなかった――。


それからの四日間というもの、咲良はまるで情緒が落ち着かなかった。

ぼーっとしたり、かと思えば急に考え込んだりを繰り返していたし、集中力もまちまちで、追い込まれたかのように本のデータを打ち込みまくっていたかと思えば、貸し出しで、同じ本を二度読み取りエラー音を響かせてみたりと、とにかく心が安定しない。

ふとした拍子に高槻のことを思い出しては、いや、話を聞くだけだからと期待しかける心を戒め、でもしきれなくて。そんなことばかり繰り返していたので、仕事では散々だった。

もっとも、課長や周りの人間は城崎が欠けた分忙しいのと、やっとできた後輩がいなくなったのがショックなのだと大目に見てくれたが、それに甘えているわけにもいかない。

なんとか木曜日の午後から気持ちを立て直し、金曜日の定時まできっちりノーミスで仕事を終えたが、その分、帰宅してからがぐだぐだだった。

まず、なにを着ていけばいいかわからない。

学生時代はいつだって制服かラフな服装だった。だが、社会人ともなればそうもいかないし、行く店だってファーストフード店なんかじゃないだろう。

夕方まで手持ち無沙汰でいるのが嫌で、家事に精を出して頭を空っぽにしていたが、その分、用意しなければいけないことまで綺麗さっぱり真っ白になってしまったみたいだ。

仕事じゃないからスーツというのも違うと思い、綺麗目なシナモン色のワンピースを手に取り、いやいやデートじゃないしと頭を振る。

結局、シンプルな紺のセットアップに大ぶりのシルバーネックレスを合わせた無難なコーデをえらんだものの、次はバッグがわからない。

そんな感じであれやこれやと頭を抱え、着ていく服を選んだというのに時間はまだ午後三時。時間つぶしと疲れた頭をリラックスさせるために風呂に入れば、今度は妙に念入りにトリートメントをしてみたり。

すっかりツヤツヤになった髪をドライヤーで乾かしつつ、咲良は今日の自分に呆れかえる。

どう見ても初デートに悩む女子高校生だ。いい年をした社会人なのにちっとも落ち着きがない。

と同時に、高校生の時もそうだったなと思い出す。

高槻との初デートは学生らしく図書館で、そこにあるレストランでちょっといいランチをおごってもらったぐらいだが、そこへ行くまでに、服はどうだろうとか、髪は大丈夫かと、そんなことばかり気にしていた。

今だってさほど変わらない。

付き合ってない、別れたと口でいいながらも、心のどこかで彼によく見られたいと思う自分がいるし、会えることに浮かれてもいる。

(いやいや、話を聞くだけだから!)

着替え終わり、メイクの手を動かしながら、そわそわしがちな自分に言い聞かす。

そうだ。話を聞くだけだ。

あの時の彼の行動が——彼女だった咲良より、実家の都合、もとい義姉からの電話を優先してはデートの途中で帰っていたのはなぜか、それを知りたいだけだ。

(だけど、知ってどうなるというのだろう)

本当に大人なら、よしましょう。終わったことだからとにこやかに笑いながらさようならして、他人に戻るべきだ。そのほうが平穏な日々に波風は立たないとわかっているのに、できない。

どころか、高槻の真剣な眼差しに、戯れに好きだと言われるたびに、気持ちが変に動揺してしまう。

「私は、ただ、前に進みたい」

夏らしく、オレンジの色味が強いルージュを引いた唇で呟く。

このまま誰にも恋できず、一人で人生を終えるのは嫌だ。

だけど心の中に彼が――高槻敬真がいる限り、他の誰かを見ることなんてできない。彼との別れが頭を過り、恋に臆病になる自分から変わりたい。

それに、彼の気持ちも本当かどうか見定めきれてない。

好意――に類するものがあるのは、なんとなく察せられるし、彼自身がそれを恋だと確信している様子も仕草や台詞から伝わる。

――俺は、あれで別れたとは思ってないから。

そう口にしたものの、あの外見な上に誠実な性格。仕事だって将来性の高いドクターであるだけでなく、実家も大きな病院と、他の女性が放っておくはずもない優良物件だ。

過去の誤解が解けた。じゃあやり直しましょうとなったところで、実際は、過去のあやまちに対する罪悪感やら美化された思い出やらで、意地になっているだけで、付き合ってみれば、案外普通の咲良に飽きて、思い出は思い出のままのほうがよかったね。なんてすぐ振られるかもしれない。

そうなったら二度と立ち直れない。気がする。

臆病で、変わることが嫌なのに、変わらずに枯れて行くことも嫌だなんてわがままだ。

だけどどっちにも振り切れない。

今まで中庸に生きてきたからこそ、どちらかに振り切るには勇気がいる。

外見や世間的な立場はあの頃から随分変わったというのに、中身は高校生の頃のまま、さして成長もなく生きてきたことに、咲良は少しだけ後悔していた——。


高槻が選んだ店は、咲良が住んでいる新大久保から山手線で五駅ほど行った先の恵比寿《えびす》にある外資系五つ星ホテル内の中華料理店だった。

といっても町中華とは違い、ヌーベル・シノワと呼ばれる新進気鋭の中華料理を専門とする高級店で、日本で言うところの創作会席料理あたりが近いだろうか。

SNSのメッセージで個室を取った、と連絡が来た時には思わず、ひえっと変な声が出てしまうほど、庶民の咲良にとっては敷居が高い店でもある。

看護師あたりであれば、医局の忘年会などでホテルのレストランを利用することもあるだろうが、こちらはしがない図書館司書だ。

店のイメージが湧かず、ドレスコードを尋ねてみれば「ラフすぎなければ大丈夫」という、なんとも参考にならないメッセージが返ってきたのを思い出しつつ、咲良はホテルのドアをくぐる。

（さすが五つ星ホテル……。働いてる人の動きが洗練されているというか、なんというか、非日常）

つい先日、美容室で読んだ雑誌で、最近は〝おひとり様でホテルステイ〟なるものが流行しているらしく、仕事の疲れを忘れるために、あえて観光地などにいかず、高級ホテルで休日を満喫するという過ごし方もあるらしいが、中を見てなるほどと思う。

存在感のあるマロンブラウン色をした大理石の円柱に支えられた高い天井は白く、対称的に足下は黒をメインとしたモノトーンのタイル。

手すりやドア枠など随所にゴールドが使用されているが、くすんだ色味であることや、中間色としてクリーム色の壁紙が取り入れられているため、全体的にクラッシックで大人っぽい。

中にはチェックインカウンターにバー、そしてチョコレートショップなどもあるが、どれも落ち着いた佇《たたず》まいで、ディスプレイや照明のセンスもよい。

すごいところに来ちゃったなあと当たりを見渡していると、側にあるラウンジから〝咲良〟と名を呼ばれて驚く。

目を向けると、白いシャツにライトグレーの三つ揃えスーツと、咲良が着ているツーピースよりわずかに濃い藍色のネクタイの、すっきりとして夏らしい装いをした高槻が手を上げてソファから立ち上がり、こちらへ歩いてきた。

なんというか、格好いい。

再会した時は、無理に合コンに連れて行かれ緊張していたのと、その後の騒動でよく見る余裕もなかったが、こうしてみるとつくづく見栄えがいい。

すらりとした高い身長に、わずかに色の抜けた焦げ茶の髪。

それに救急医らしいキビキビした動作が相まって、爽やかなスポーツマンか、芸能人のようだ。

実際、チョコレートショップに買い物に来たのであろう女性客が、ちらちらとこちらを見ては、高槻に熱い視線を注いでいる。

が、当の本人はまるで意に介さず、こちらが恥ずかしくなるほど咲良だけを見て居るのだから、自然と頬が熱くなる。

「お待たせしました、高槻先輩」

「いや、時間より早いよ。それに俺の都合で呼んだんだから気にしない」

見る人を安心させるような笑顔を浮かべ、ごく自然に咲良の肩を抱く。

なんだか、大人だ。

高校生の時は、ふとした拍子に――たとえば、信号が点滅しかけた時に思わずといった様子で――手を繋いだだけでも、慌てていたのに、今ではすっかりエスコートのできる紳士となっている。

（やっぱり彼女がいたのかな）

などと考えていると、それを表情から読み取ったのか、高槻は悪戯げに口角を上げて、海外の学会に出たら、同業の奥さんをエスコートするぐらいできないと。マナーだからと笑う。

「身体に触れるのは親しい間柄……というか、妻か恋人だけだよ」

そんな心憎い補足をしつつ、ちゃっかり〝咲良は俺の中ではまだ彼女〟だと告げるやりかたもずるい。

「なんだか、すごく……大人になりましたね」

「中身はあんまり変わってないかな。処世術が上手くなっただけだよ」

代わり映えのない自分にへこんでいる咲良を気遣ったのか、それとも、本心からそう思っているのか、高槻はそんなことを言いながら咲良をエレベーターへ乗せ、予約していた中華レストランへと誘う。

モノトーンをメインとしたシックなホテル館内とは逆に、レストラン内は一気に中華風の内装となっており、金色の瓦を持つ門や龍《りゅう》の絵姿、水墨画風の景色が描かれた磨《す》りガラスと、優雅かつ華やかな雰囲気があった。

高槻が予約していたことを告げると、受付にいた女性が丁寧に頭をさげ、空間を取り配置されたテーブルの間を抜けて、門の奥にある個室エリアへと案内してくれた。

席に座ろうとすると高槻が先に出て、流れるように椅子を引いてくれる。

エスコートの続きだろうが、こういう風にさりげなく気を遣われると、それだけでドキドキしてしまう。

だからという訳でもないが、いきなり本題に入るのは不躾《ぶしつけ》なような気がして、今日の仕事は大変だった？　とか電車は混んでた？　とか無難な話題に終始しているうちに、最初の料理が運ばれてきた。

一口サイズの点心が載った前菜盛り合わせに、金華《きんか》ハムで出汁《だし》をとったフカヒレと水餃子《すいギョーザ》のスープ。

豊洲《とよす》市場から朝仕入れたばかりのホタテと伊勢《いせ》エビを使った炒《いた》め物《もの》に、衣笠茸《きぬがさだけ》と本物の上海蟹《シャンハイがに》をいれたとろとろの卵あんかけ。

最後には特上ランクの和牛に中華スパイスを利かせたステーキで、どれも飛び上がるほど美味しかった。

とくに金華ハムとフカヒレのスープは、中に入っている大きな水餃子の皮をやぶると、肉汁がじゅわっと出て味が変わり、最後にラズベリーソースを入れて変化を付けるという、三度も美味しい一品が最高だった。

中華といえば大皿に一品を山盛りして出てきたのを、テーブルを回してよそい合うものと思って居た咲良は、フランス料理のようにソースや花、フルーツの飾り切りで華麗に盛り付けしてあることにも感動してしまい、本題をよそに料理についての会話が弾むし、なんだか楽しくてずっと笑顔ばかりでいた。

高槻もずっと笑顔で、変に昔のことには触れず、仕事であった面白い話とか、図書館から見える風景とか、食堂のこととか、今の二人に共通する話題と料理の味などに終始していて、だから、デザートになるまで本当にデートかと思うぐらいくつろぎ、楽しめていた。

デザートは白い皿に、杏仁豆腐《あんにんどうふ》と胡麻《ごま》団子に、マンゴーの冷製スープの三種が乗ったものだった。

マンゴーのプリンは食べたことはあったが、スープは珍しいなと一口含めば、南国の果実らしい甘さと甘夏蜜柑の果肉の爽やかさが相まって、さっぱりとしているのに幸福度が高い、そして夏らしい逸品だった。

なにもかもが満ち足りて、最後に出された口直しのジャスミンティーの茶碗《ちゃわん》を両手で包み溜息をつくと、ふと高槻が真剣な眼差しをする。

そうか、いよいよか。

このまま、美味しかったね！　で終われれば幸せだろうが、そうもいかない。

本題が来るな、と身構えていると、彼の唇が声もないまま咲良と名を呼んだのがわかった。

高槻は姿勢を正し、それから見て居る咲良が恐縮するほど深々と頭を下げた。

「まず、咲良に謝りたい。……あの頃、後回しにしてばかりでごめん。俺、咲良の気持ちに甘えすぎてた。本当に、本当に後悔している」

義姉からの電話のことだ。

家から掛かってくる度に、急用だと振り返りもせずに走って行かれて、悲しかったことを思い出しチクリと胸が痛んだが、かつてほど辛いと思えないのは、こうして高槻とちゃんと向き合えているからかもしれない。

「ううん、私こそごめんなさい。……ちゃんと向き合って話をせずに逃げて、連絡を絶って。好きだったのに」

「過去形か。……俺は、まだ現在形で好きだけどな」

きっぱりと好意を口にされ、咲良は内心うろたえる。

あれから十二年近く経っているのに、まだ好きだと言える彼の真っ直ぐさと一途《いちず》さがまぶしすぎて、気持ちが知らず浮つきだす。

それを表情に出さないようにしながら、咲良は先を促した。

「それで、どうしてあんなに、家から連絡があったの？」

本当に好きなのは兄の嫁――義姉で、咲良はその代替品だったという噂が過去からよみがえり、そうだと言われたらどうしようと不安になるも、先ほどの純粋な好意がかろうじて後ろ向きになりがちな心を引き留める。

「……今だから言うけど。あの頃、義姉さんから兄の浮気が原因で離婚すると聞かされていて、そのせいか、彼女は精神的に不安定だった。というか、不安定を装っていた」

「装っていた……？」

不安定だった。というならわかる。

一生を共にすると誓った相手に裏切られ、別の女性と関係を持たれていたのでは、妻としてやりきれないだろう。

だけど、装っていたとはどういうことだろう。

「結論から言うと、浮気していたのは兄ではなく義姉だったんだ。それがバレて、兄から離婚を言い出されたけど、いい生活と医師の妻という座を捨てたくない姉は、〝兄に離婚される〟と嘘の悩みを相談して、俺を味方につけようとしょっちゅう自殺未遂というか、自殺するふりをしていたんだ」

「ええっ！」

予想以上に重い話に、咲良が目を見張れば、高槻は過去の自分を悔いるように両手で顔を覆い、低くした声で囁く。

「手首を切ったとか、アルコールと一緒に薬を飲んだとか。……で、俺に電話してきてた。もう死ぬしかない。辛すぎる。敬真くん、助けてって」

「それは……行くしかないよね」

実際に手首を切ったり、薬を飲んだりはしていたのだろう。ただ、致死量ではないだけで。

「医学生になってれば、その程度では死なない。偽装だって見抜けたんだろうが、その頃はまだ高校生だったし。父や母はもちろん、兄だって外科医で手術だなんだで連絡が取れなくてさ」

「まあ、家政婦さんがいたぐらいだし」

親としての関わりはそこそこにあったらしいが、日常のことはほとんど家政婦任せで、受験が近くなってからは塾や自室で勉強が多いから、顔を合わせることも稀《まれ》だったと聞いていたのを思い出す。

「しかも当時、義姉は妊娠していて。……死なせたら不味《まず》いって、馬鹿みたいに義姉の狂言に騙《だま》されてた。彼女からすれば、〝高槻家〟に居残るための手綱程度にしか思われてないとも知らずに」

ずいぶんと酷い話だ。

つまり、浮気してバレて、夫婦仲が冷えたから、その弟を振り回して味方にすることで、夫を引き留めようとしたことになる。

随分あざといな、と眉を顰《ひそ》める。

高槻はいよいよ深刻そうな溜息を吐いて、椅子に背を預け天井を見た。

「俺も、愚かで悪かった。……こんなこと言うの情けないけど、兄貴になにひとつかなわない、親の期待はいつだって兄が一番で、自分は二番手で。そんな自分でも、義姉を助ければ一番になれるかもしれないとか、医師のくせに自分の妻の命さえ救えないなんて。っていう歪んだ優越感と断罪を兄に抱いて、それで自己肯定感を満足させていた処もあった。……だいぶ、卑《ひ》怯《きょう》だよな」

苦笑され、だけど咲良は静かに頭を振った。

咲良は一人っ子で、兄弟がいる者の気持ちを完全に理解することなどできないが、それでも、彼が一番であることにどれほど努力を重ね、自分を律していたかは知っている。

「でも、それは仕方ないいんじゃないですか。お兄さんとは八歳ぐらい年が離れていたんですよね」

「そう。まだ未成年で子どもの高校生が、医学部を首席卒業して、研修医としても有望で、バリバリに働いている男となんて、比較するだけ馬鹿だし、年齢の差や生まれた順番なんて、どうにもならないのに……そんな簡単なことにも気づけなかった。咲良を失うまでは」

切なげな眼差しで見つめられ、また心臓が強く跳ねる。

どれほど探したのか、どれほど後悔したのかが、その傷ついた眼差し一つでわかってしまうほど、彼は切実に視線で訴えていた。

「結局、咲良を失って落ち込んで、大学受験も危なくなった頃、兄貴に一発殴られて、真相を教えられた。姉が浮気していることや、自殺未遂をすることで俺を振り回し、離婚されないように立ち振る舞おうとしていることを」

ははっ、と乾いた笑いを漏らし肩をすくめ、高槻は目を細くし苦笑とも嘲笑ともつかない表情をする。

「馬鹿だよな。失ってから、本当に優先すべきものに気付くなんて。騙されてたことに気付くなんて」

だが愚かとは言えまい。

医師を目指していた彼は、当たり前のように正義感が強く、だからこそ助けを求める声や、失われそうな命を放っておくことはできなかったのだろう。たとえそれが嘘だとしても、万が一を考えて、やはり走ったに違いない。

「ううん、本当に、そんなに気に病まないでください。……私も、ちゃんと話してほしい。どうしてか教えてほしいって言えなかった点で、同じ臆病者ですよ」

「……優しいな、咲良は」

ほろ苦さを含む声に心が締め付けられる。彼にこんな寂しげな声は似合わない。

「その優しさに甘えて、本当にごめん。好きだから大丈夫だ、理解してくれるって、勝手な理想を心のどこかで押しつけていて、咲良の気持ちが、置き去りにされる者の気持ちがどんなに辛いか見向きもしなかった」

彼は、咲良に去られて、初めて〝置いて行かれる〟こと〝消えられる〟ことのつらさを理解したのだと言った。

「受験に、医学部といろいろあったけど、折に触れては実家に戻って、咲良の行き先を探していた。……ずっと、ずっと、あの頃から、今に至るまで俺にとって一番は咲良だから」

真剣な顔で言われ、咲良は頬が熱くなるのを感じていた。

だめだ。落ち着かないと。そう思うのに、気持ちがどんどん高槻へと引き寄せられていくのがわかる。

「大変だったでしょう。私、友達はいたけど、親友とか転勤してまで連絡を取るような仲の子なんていないないし、先輩との繋がりを断ちたくて引っ越し先の住所だって誰にも教えてなかったから」

「本当だ」

そこでふと笑い、高槻は手を振る。

「学校に尋ねたら、個人情報だのなんだの言うし。じゃあ親のほうからって思ったら、公務員ってことしか知らないのに気付いて愕然《がくぜん》とするし」

公務員といっても、県の役人から警察官、消防士に教師と、県内を転勤する職務はいくつもある。その中から一つを探すのは難しいだろう。

「もう、二度と会えないのかな。俺、一生独身かもななんて思ってたら、別の医学部に進学した奴が同窓会で、お前の元彼女、うちの病院で見たぞって……」

それからはもう、迷いもなにもなかったらしい。

勤務していた大学病院から今の大学病院に転職し、引っ越しを手配しと、一年も経たず、咲良の処まで追いかけてきたと。

そこまで必死にならなくても、と恐縮しつつ、だが嬉しいとも思う。

本当に、なりふり構わず、彼が追いかけてきてくれたことを。あの頃から、咲良をちゃんと好きでいたという事実が。

「そう、でしたか」

「さすがに、ちょっとストーカーっぽいって自分でも思うし、引かれるかなと思ったけど。でもやっぱり、俺の人生の一番の優先順位は咲良だから」

そういうと、あっ、と小さく声を上げて高槻は手を振る。

「言っとくけど、合コンでのアレは本当に偶然だからな。いや、偶然でよかったというか、なんというか。まあ」

咲良が事件に巻き込まれるのを防げた安堵と、咲良を追い回していたと誤解されて嫌われるのを怖《おそ》れる気持ちがない交ぜになった様子に、つい吹き出してしまう。

「そうでした。先輩はパフェ目当てでしたっけ」

「言っとくが、咲良が合コンに誘われたって知ってたら、店に行く前に止めてたからな」

甘党なのをからかわれたのを恥じているのか、少し拗ねた様子で高槻がぼやく。

「わかってますって。ふふっ……よかった。こうして話ができて」

いつしか、過去へのこだわりも恋への恐怖も消えていることに気付き、咲良は安堵の息を吐く。

「よかった。本当に、あの頃の気持ちが間違いじゃなかったとわかって」

聞かせるというより、自分の内心がそのまま言葉になって漏れた時だ。

「……過去のままにしたくないって言ったら、迷惑か」

「え？」

「俺は、今も咲良が好きだ。あれで別れたと思ってなんかいない。俺の中にいる恋人はずっと咲良だけだ。……それを迷惑だというなら、仕方ないが、もし、嫌じゃないなら、もう一度俺と……」

付き合ってくれ。そう言われると知覚した時だ。

不意に、バッグに入れていたスマートフォンが鳴り、咲良は焦る。

「ごっ、ごめんなさい。大事な話をしている時に。電源を切り忘れるなんて」

慌てふためきつつバッグを漁《あさ》っていると、突然の邪魔に目を大きくしていた高槻が、大丈夫と言う風に笑顔で手を振る。

「えっと」

「そのまま出ていいよ。……レストランの外に行かれて、そのまま逃げ帰られたら、俺、絶対立ち直れない自信あるし」

「変な自信を主張しないでください。……って、あ、母さんだ」

表示名を見て通話ボタンをタップする。途端、咲良だけでなく、高槻に聞こえそうなほど大きな声で「咲良、あんた、今どこにいるの！」と怒られた。

「えっと、友人と食事をしてるところ。……先週？　ええと、先週は職場の飲み会で」

まさか合コンで一服盛られそうだったとはいえず、かろうじて誤魔化す。

だがさすが親。いくつか潜んでいた嘘で様子がおかしいと見抜いたのか、さらに説教を重ねてくる。

『一人暮らししてもいいけど、週に一度は連絡取りなさいってパパとも私とも約束したでしょう？　なのに先週、先々週を入れたら三週間よ！　そんなにすっぽかしてなにをしてるの！』

うう、と声が詰まる。

確かに、高校を卒業してから東京の大学に進学する際、女子寮が満員だったため、一人暮らしすることになった。

その時に、週に一度は連絡することと約束させられたが、二十八才になってまで有効なのはどうだろう。

「そんなこと言っても、仕事もあるし、付き合いもあるし」

『そうよね。その上、普通ならもう結婚して子どもがいてもおかしくないわよね。なのにアンタったら、いつまでも本ばっかりで』

呆れた溜息が続いて、またいつもの結婚しないの。どうなの。いつまで親に心配かけるのの長い説教が始まるかとうんざりする。

が、母は、長い溜息を電話口へと吹きかけ、ころりと口調を変えて告げた。

『まあいいわ。……咲良、来週の日曜日は時間ある？　実家に来られるわよね』

これ以上約束を破るなら、家どころか職場にも押しかけかねない強い口調で言われ、咲良はうっかり正直に答える。

「う、うん。空いてるから千葉に戻れるよ？　どうしたの。お父さんの誕生日はもうちょっと先じゃなかったっけ」

確か来月だ。と頭の中のカレンダーを探っていると、母はとんでもないことを口にした。

『違うわよ。……お父さんの部下でね、いい人がいるから家に招くことにしたの。あんたったら全然結婚の気配もないから。お見合いでもさせないと』

「おっ、お見合い！」

そう大げさなものではないけれど、一緒に御飯食べて、近所を散歩しなさい。将来有望だし、年齢も貴女《あなた》より五つ上だけどその分落ち着いてて丁度いいし。

と、まるで面倒ごとを早く片付ける手順みたいに、勝手に、父の部下との縁組みを決めてくる。

この分では、結婚式は来年とか決めてそうだ。いや、咲良以外ではもう決定事項なのかもしれない。充分にありうる。

あんまりな話に目を口を大きく開けていると、いつのまにか席を立ち、咲良の側にきていた高槻が、咲良の手からスマートフォンをするりと取り上げる。

「失礼します。一緒に咲良さんと食事をさせていただいている、高槻です。はじめまして」

キリッとして誠実なことがわかる、張りのある声で告げられ、電話口でまくし立てていた母の声が止《や》む。

「咲良さんにはいつもお世話になっております。……それで、お見合いと聞いたのですが、少々、日取りを待っていただけないでしょうか」

えっ、え？　と電話先の母と電話を取られた咲良の声が見事に重なる。

一体なにを言うつもりなのかと目を白黒させていると、高槻はまるで目の前に咲良の両親がいるかのような真面目な顔つきのまま続ける。

「私は、咲良さんと結婚を前提にお付き合いしたいと考え、今日、食事に誘わせていただきました。……もちろん、まだ返事はいただけてませんが、お見合いするというのであれば、同時に、私も婿候補として審査していただければと」

いきなり、結婚を前提だとか、婿候補だとか言われ頭が真っ白になる。

そういえば、この人は行動力と判断力がずばぬけている上、思いきりがいい人でもあった。

本人曰《いわ》く、陸上の棒高跳びをしていると、どうしてもそこが重要になるし、救急医として毎日、判断と行動の限界を試しているのもあるだろうが。

（いくらなんでも、急展開すぎる！）

嫌いか、と言われれば絶対に違う。

好きかと言われれば、多分好きだ。

だけど、結婚を前提にした恋人と言われると、どうしていいのかわからない。

そもそも、昔の恋を、高槻との別れをひきずりまくって、結婚どころか彼氏すら考えていなかったのだ。

おひとり様は嫌だな、ぐらいの意識はあったし、あんまり長く独り身でいると親が痺《しび》れを切らして見合いを仕組んでくるかもとは思っていたが。

（た、高槻先輩と、結婚前提のお付き合いって！）

キスしたり、手を繋いだりしたが、夫婦となるにはそれ以上ということもあるし、結婚なんて軽々しく決めていい話でもない。

なのに高槻はなんの迷いもなく言い切って、電話先でうろたえているだろう母をあっというまに落ち着かせ、あれよあれよという間に、来週の土曜日に咲良と一緒に挨拶へ行く話をまとめてしまった。

「……告白して、すぐ結婚前提で、両親に挨拶って……」

驚きのあまり、変な笑いが口から漏れてしまう咲良を前に、高槻はどこか小悪魔っぽい表情となり、しれっと言い切った。

「咲良と付き合いたい。結婚を前提に。……急いで答えはいらないが、だからといって俺以外の男が割り入るのを、のんびり見ている気は断じてない。全力で口説くから覚悟しろよ」

強い口調で最後を締めくくり、テーブルの上に置いていた咲良の手を取ると、そうすることが当然のように、約束の指に口づけしてきたのであった。


最寄り駅から十五分。田んぼや野菜畑がちらほら見える郊外に建つ、茶色い瓦屋根の一軒家。

ごく普通で、ありきたりかつ、少々古ぼけてきた家の前で、賑やかに会話が盛り上がる。

「いや、楽しかった。今度はゆっくりと……泊まりで来なさい。一緒に一杯しながら語ろう」

「はい。俺も楽しかったですし、咲良さんのお父さんの仕事に、消防署の事務方にも興味があります。実働部隊の救急はわかるのですが、ほかのいろんな方々も街を守ってるんだなあと尊敬しました」

「おおそうか。そうか」

「本当に。もう、晩ごはんも食べていけばいいのに。咲良ったら」

たった一度の訪問で、すっかり父と母を虜《とりこ》にして、打ち解けてしまった高槻の横で、なぜか居心地が悪く立っていた咲良は、突然、話の矛先を向けられ目を丸くする。

が、すぐに気を取り直して言い返す。

「だって、高槻先輩は明日も仕事なのよ？　無理させて、ミスしたら大変なことになっちゃう」

「だって、夕方からなんでしょう？　本当に、真面目すぎるんだから」

不満たらたらで文句を言う母に、あのねえ、と言おうとした時だ。

「でも、そんな真面目な処も大好きです」

ＣＭにでも出てきそうなにこやか顔で高槻が言うと、母が「まっ、晩ごはん前にごちそうさま」と、頬を少し染めつつ笑う。

「本当にねえ、高槻先生。この子をよろしくお願いします。真面目すぎて、逆に頑固だったり考えすぎな処もありますけど、いい子ではありますから」

その横で、父も太鼓判を押すように頷《うなず》くのを見て、咲良は無駄とわかりつつも内心で突っ込む。

（あの、まだ、お付き合いもしていないのですが）

告白はされたし、口説くから覚悟しろとも言われた。が、咲良はまだ了承していない。

なのにもう、両親はすっかり結婚するものだとばかり思っているのが解《げ》せない。

しかもその告白した当人である高槻は、小憎いまでに明るい笑顔ではい。と返事していたりするので。

（完全に外堀を埋められている……）

着々とどころか、開始三分で王手をかけられてしまったような気がして、咲良は目眩《めまい》がしそうだった。

「では、あまり長く立ち話していてもなんですので」

話が途切れたのを素早く見抜いて、高槻が頭を下げ、咲良を促して車のドアを開ける。

これがまた、平凡な咲良の実家の前には似つかわしくない、最新型の国内ハイブリッド車で、新品な上にグレードも最高クラスという——実に場違いなものだったが、高槻が触れた途端に、それが絵になるのはなんの魔法か。イケメン効果か。

とはいえ、いつまでも続きそうな両親の会話から逃れたかった咲良は、さしたる抵抗もせず助手席へ座る。

と、すぐに運転席に乗ってきた高槻が流れる動きでシートベルトを渡してくれて、本当に気が利くなあと感心してしまう。

子どもみたいにはしゃいで手を振る両親に、おざなりに手を振り返すうちに車が動き出し、咲良はそこで溜息を吐く。

——完璧過ぎる。

まったくもって非の打ち所がない。

丹精な顔貌《かおかたち》に爽やかさを感じさせる明るい色のスーツ、ぱりっと糊《のり》の効いたシャツに磨いた靴。

新車でのお出迎えにも驚かされたが、そこから出てきた高槻のキリッとした姿に二度驚き、ついで、車に乗ろうとすれば助手席には咲良の母が大好きなメーカーの洋菓子セットが綺麗に包装されておかれていた。

家に着いた時こそ、どこの馬の骨が来るかと待ち構えていた両親も、車から降りてきた高槻が深々と頭を下げ、家に入る前に自分が清心大学付属病院の救命救急医であることと名を明かし、名刺を出して初めましてと笑顔で挨拶すると、ぽかんとした顔になり、座敷に上がってお茶を囲んで話すうち、かつて住んでいた——実家からは一時間ほど離れた市にある——総合病院の経営者次男だと気付いてからは、目が点になった。

駄目押しに、咲良の父が消防署の事務方ということを知って、救急隊員にはお世話になっています。彼らが働けるのも裏方がしっかりしているからですね。などと真面目な好青年な顔で尊敬の意を表せばもうおしまいで、父はもとより母もすっかり高槻のことを気に入ってしまった。

これ以上、最高の婿などいない。おまけに会話の端々に、いかに自分が咲良に惚《ほ》れ込《こ》んでいるのかを織り込むのが上手い。

例えば、母が「こんなつまらない子が、こんな素敵な方を」といえば、「つまらなくないです。本を沢山読まれてるので会話も豊富で教養もあって、お母さんに似たんでしょうね」などと、上手く褒めて持ち上げる。

だから二時間予定の滞在が三時間半に延び、晩ごはんも一緒にと言われるのを振り切って出たのが今。

正直、娘そっちのけで、高槻が可愛がられた三時間半だったように思われる。

だがまあ、咲良もいつもよりは嬉しくはあった。

と言うのも、二言目には「こんな子が」とか「うちの咲良なんか」とか「大した子でもない」

とか――本人にとっては謙遜と、自慢しては子がつけあがるという古い育児記憶のせいであろうが、それでも聞かされる方は地味に傷つく卑下の台詞を、すべてやんわりと、だがしっかりと「違う、いい子だ、だから好きだ」と言ってくれるので、いつもより憂鬱にならずに済んだ。

その上、言い返したことで両親から悪印象を持たれないように「育て方が良かったんでしょうね」だとか「いいご家庭だから」とか一言添えるのだから、もう、恐れ入るしかない。

だからか、最初にあった見合い相手の話などいつしか完全に忘れ去られ、咲良の実家は見合いをどうするかではなく、結婚相手を連れて来られたような空気に塗り替わってしまった。

(当面、母から、結婚はどうなのと一時間以上の長話と愚痴めいた説教を聞かされなくていいのは、助かるけど)

毎週のように電話をかけてきては、結婚はどうなの、相手はいるの。いないのは貴女の態度が悪いんじゃないのとか、愛想がないから。これだから咲良は――と続く母の長電話がなくなるのは正直ありがたい。

せっかくの休みの前日に、気が滅入《めい》るようなことばかり言われ、どうせ自分なんかと思いつつ土日を過ごすのはなかなかにきつかったから。

でも。

「……策士」

ぼそっと単語が口を突いて出てしまう。

「うん？　どうした。咲良」

「策士だって言ったんです。なんというか、お見合いを阻止するなんてもんじゃなくて、もう両親の心鷲掴《わしづか》みじゃないですか」

　これで、高槻以外を結婚相手として連れて行ったとしたら、両親ともに呆れ、怒り、大騒ぎになるだろう。

　もっとも、そんな相手などどこにも居ないから、考えるだけ無駄な話ではあるのだが。

なのに、策士と言われ薄目で睨まれた相手はといえば、余裕の笑みを口元に湛《たた》え反撃する。

「策士になることで咲良が俺と付き合ってくれるようになるなら、いくらでも策士になるよ」

　運転中だからか、真っ直ぐに道路を見ていたが、信号が赤になって停止するなり顔を横向けて真剣な目で見つめてくる。

「だけど、咲良を騙したり、傷つけたりするような策は弄《ろう》さない。そこは信じてほしい」

　真摯な声に、また心臓が跳ねる。

　笑い合うだけでドキドキした学生時代とは違う、もっと深く、染み入るようなときめきが心を騒がす。

　先などまるで考えず瞬間瞬間に相手を好きと認識するだけで幸せだと思えた高校生の時と、人生を左右する結婚という分岐点を視野にいれ、相手の仕事や生き方などをも受け入れ、考え、大丈夫かと悩む——まるで、登山のように相手との距離を推し量りながら好意を検証し、互いの人生が同一の道であるかを考える大人では、恋は恋でも種類が違う。

そのことを気付かせつつ、だが、高校生の時も今も変わらぬ熱量と誠実さで、咲良を求め、受け入れようとしているのか、高槻は車が進みだしても変わらず、声で真剣さと恋情を知らしめながら語る。

「付き合うことになっても、前みたいに不安にはさせない。……俺はこんな仕事だから、絶対に常に側に居るとはいえないけれど。でも、必ず連絡が取れるようにするし、咲良が俺にいてほしいと求めるなら、誰になにを言われようとも側に行く」

ドラマのような台詞だが、救命救急医として常に人の命が助かるかどうかのギリギリで働いてる彼が口にするのは、相当の覚悟と思いがなければできないだろう。

付属図書館とはいえ、同じ大学病院で働き、仕事で医師達が勤める事務室――医局や、研究室に書籍をとどけ、そこで、彼らが患者の為《ため》に日々研鑽《けんさん》し、電話一つでプライベートを放り出してでも駆けつけ、患者を救おうとする姿をみている咲良だからこそ、高槻の覚悟の重みもわかってしまい。

だからこそ、本当に自分でいいのかとも迷う。

高槻にそこまでさせるだけの価値が自分にあるのか。実は過去に失った恋を美化しているだけではないのか。実際につきあってみたら、平凡でつまらないと感じ、飽きられてしまうのではないか。

それだけではない。

結婚を前提にと高槻は言った。それは、今日、高槻が咲良の親にしたようなことを、咲良もまた彼の親にするだろう未来があるということだ。

両親ともに総合病院の経営者医師、兄は後継の御曹司。

そんなハイレベルな人達に、有象無象の一人でしかない自分が受け入れてもらえるだろうか。

彼の両親としては、もっといい人を――どこかの病院のお嬢様だとか教授の娘だとか、そういう、高槻の将来に利益をもたらす女性をと望んでいるのではないか。

仮に彼の両親や兄がよしとしても、親族は違うのではないか。駄目だと言われるのではないか。

――長い間、母から「この子は」とか「本当に咲良は、まったく」だとか言われてきた故に、頑固に心に根ざしてしまった自己評価の低さが、素直な気持ちを萎えさせる。

わかっている。親にはそんなつもりはないのだと。

褒めればつけあがる、あるいは、自分の子どもを褒めるのは余所《よそ》からみっともなく思われる。そんな一昔前の考えから、つい口癖で言っていることだと。

はいはい、と流してしまえばどうということもない台詞なのだと。

だけど、幼い頃から普通に、真面目にと育てられた咲良は、いちいちを真剣に捉えてしまい、未《いま》だに、その呪縛から逃れられない。

(もう少し、他人に誇れるなにかがあれば、思い切れたのだろうけど)

こぼれかけた溜息を飲んで、落ち込む気持ちを取り繕うために、気合いを入れて前を向く。と、横から手が伸びてきて咲良の後頭部を軽く二度たたく。

「無理しなくていいんだぞ。俺の前では。……気を遣わずに、もっと甘えろ」

「甘えろったって、別に、その、まだ付き合ってない訳ですし」

「まだ、だろ。……俺が惚れてるのは事実なんだから、つけこんで甘えてしまえ」

優しく頭を撫でられて、その心地よさに強ばっていた表情が和らぎ、目が細くなっていく。

「俺の前では気を張らなくて大丈夫だよ。……どんな咲良だって好きだから」

「もう、あんまり軽々しく好き、好き言わないでください」

言われるごとに心拍数が上がっていくのをどうにもできず、軽くなじると、高槻はしたり顔で口元に弧を描く。

「軽くはない。むしろ引かれるほど重く好きだ。大好きだ」

「だから……もう……、絆《ほだ》されそうになるじゃないですか」

冗談めかして言ったはずの自分の声が、照れと甘さに掠《かす》れていることが恥ずかしい。

本当に、絆されてしまいそうだ。いや、もうかなり崖っぷちまで絆されているのかもしれない。

もともと、嫌いになって別れた訳でもなく、相手に好きな人がいるから太刀打ちできないと逃げた恋だ。

その〝好きな人〟――彼の義姉のこと――が、誤解であるとわかった今、あのころの純粋な心が傷から解放されることを求めて、彼の気持ちに応え、私も好きだといいそうになる。

(だけど、多分、恋と結婚は別)

単純に好きで付き合ってくれというなら、もうとっくに、私もと答えていただろう。

だけど結婚を前提となると二人だけの問題ではないと、大人になってしがらみの多さとやっかいさを学んだ自分がブレーキを掛ける。

気持ちだけではどうにもならないことはある。彼を傷つけたり、失望させたりしてしまわないためにも、周りからもきちんと認められるだけの自分であるべきだとも思う。

お堅い考えだと、慎重にすぎると周りからは笑われるかもしれない。

だけど、幼い頃から普通であれと育てられ、踏み外さないよう慎重に生きてきた——親にとっての優等生であろうとした過去の呪縛は、そう簡単に振り切れない。

「簡単に言われても、困ります」

「……簡単じゃないから、答えはいつでもいいと言った」

わずかに声のトーンを落とし、高槻は溜息を吐く。

ああ、面倒な女だと思われたかなと、心が小さく痛んだが、それも一瞬のことだった。

「そんなに心配なら、この先の交差点で反対に曲がって、俺の実家にも挨拶に行くか」

斜め上の提案に、咲良は目を剥《む》いてしまう。

「え、それは無理！　今日、そんなに、いや、少しはめかし込んだけど、でも、ちゃんとした服装でもないし、メイクだってもう朝ほどきちんとできてないし！　まだ、無理ですよ！」

「まだ、ということは、そのうちならいいんだな？」

ふっと口元から軽い笑いを漏らされ、咲良はやられたと額に手を当て天井を見る。

「やっぱり策士」

「どうぞ、策士で。構わないよ。人生で一番欲しい人を取りにいくのに、なりふり構ってられないからな」

ははっと軽く笑い、ウィンカーの方へやっていた指を戻し、高槻は東京へ向かう高速道路への道を上がる。

一般道より危険の度合いが大きいからか、高槻は高速にいる間こそ口数が少なく真剣な顔をしていたが、それでも咲良が退屈しないように音楽をかけるか？　だとか、咲良の母の困り眉が咲良とそっくりでびっくりした。とか、今日のことを話題にして盛り上げてくれたので、好きと言われて悩んでいたのも忘れるほど、リラックスし、そして楽しんでいられた。

だからか、いつ時間が過ぎたのかと思うほど早く、車は東京へと入っていて。

そこで湾岸にルートを切り替え、お台場にあるショッピングモールで軽く買い物。

書店や雑貨店を冷やかし、文庫本とお香を焚《た》くセットを買って一回の専門店街にいけば、夏らしい鮮やかな色の服やアイテムが並んだセレクトショップやブランド店が軒を連ねていた。

（わ、綺麗……）

買う予定もなく、ショーウィンドウのディスプレイを冷やかしていると、夏物を着たマネキンの横に、気が早くも秋のアイテムが少し出ていた。恐らく、最近入荷したものだろう。財布にパスケース、ヘアアクセサリといった小物がメインだが、その中に綺麗な色をしたスカーフが飾られていて、咲良の目はそのスカーフへと惹きつけられ足が止まる。

澄んだ秋空のように鮮やかな水色の上に、ぼかしでオレンジやレモン色がひろがっていて、その上に金糸で縁取られた金木犀の花房や花がプリントされている。

華やかなのに派手すぎない。かといって重く落ち着きすぎてもいない。

軽やかな秋風と陽光を感じさせる模様は、まるでいつか図書館で見た風景のようで。

束の間、高槻との出会いを思い出していると、隣に並んでみていた高槻も懐かしげに目を綻ばせていて、同じ時間を心に描いていると気付く。

どちらともなく手が伸びて、指が手の平に触れて、固く結ばれる。

気持ちを共有できたことが嬉しくて顔を上げ微笑めば、高槻も笑っていて、そして思わぬ強さで手を引いて店に入る。

先輩？　と声を掛けた時にはもう、彼は店員に頼んでディスプレイにあったスカーフを出してもらい、軽く咲良に合わせたかと思うと、あっというまに会計を済ませてしまう。

このままで。と告げて箱と袋だけ貰って、スカーフはそのまま咲良の首にからめて巻く。

「うん、似合う。すごく」

「えっ、でも……こんな。誕生日でもないのに」

「いいんだよ。俺が、それを着けた咲良を見たかったからそうしただけ。……なんだか、出会った時みたいだし」

やっぱり、思い出を共有していたのかと頬を赤くしわずかにうなずくも、すぐに顎を取られ見つめられる。

さすがに店の前だからキスはされなかったが、そうでなかったらとうに唇はかさなっていた。

そんな空気の中、ただただ高槻を見つめていると、彼は独り言のように告げる。

「図書館に隠れるようになってからずっと、真面目でいい子だなと思った。本を大切にしてて、それを書棚に返す丁寧な手つきにドキッとした。……側で見た時は、陽光が咲良を輝かせていて、外から入り込んできた金木犀の花がいくつか髪に散っていて。もう、駄目だとおもったよ。運命の人を見つけてしまった。これ以上、好きになれる子なんていないと」

初めて告白される、初恋の印象に馬鹿みたいに頬が火照る。

きっと耳もうなじも真っ赤だと羞恥に震えれば、その仕草も溜《た》まらないという風に高槻が目を細め、咲良の顎から頬を手の平で包み、悪戯めいた仕草で耳を引っ張る。

「行こう。……店の前でいちゃついてたら店員も困るだろうから」

名残惜しげに離れた指は、けれどそのまま肩から腕へと滑りおり、そして手にぴたりと手を合わせられ、しっかりと指を絡められていた。

遠慮がちに距離が取られ、友人とも恋人とも言えなかった距離がゼロになる。

だけどそこに違和感はなく、驚くほどしっくりと咲良は状況を受け入れる。

車に乗ってからも変わらずで、降りる前より二人の間の空気が密になっている気がして、少し、呼吸が急く。

エアコンだって、乗っていた時は少し寒いぐらいだったのに、今では足りないほど熱くて、咲良は理性より感情が、身体が、恋に傾いていることを悟る。

これではまるでデートだ。恋人同士の。

頭ではわかるのに、絡む高槻の指を解けない。むしろ解きたくない。

湾岸から離れ、車は二人が暮らす街へ——新宿方面へと向かう。

途中で見つけた、明るい感じのイタリアンレストランで少し早めの夕食を摂《と》って、暮れだした夕日を背に進めば、車はあっというまに咲良の住むアパートへと辿り着く。

裏にある駐車場の来客用スペースで停車させた高槻は、エンジンを止めるやいなや繋いでいた咲良の手を持ち上げ、その甲にそっと唇を押し当てる。

「先輩……」

触れる男の唇の柔らかさと熱に、肌が敏感になっていく。それが恥ずかしくて掠れる声で押しとどめようとすると、ますます強く当てられ、どころか軽く皮膚を吸われて身がわななく。

「ごめん。嫌か」

「嫌……じゃないと、思います。少し、恥ずかしいだけで」

「うん」

言うと、今度は猫のように咲良の手に頬ずりし、うっとりと目を細める。

「咲良だ。……本当に、咲良が居る。……ずっと、ずっと探していた咲良が」

夢うつつみたいに言われ、鼓動が一瞬止まる。

切ないほどの恋情を顕《あら》わにされ、咲良の気持ちもいや増しに高まりだす。

「ずっと、探していたんですか」

「もちろん。……どんなに仕事が忙しくても、高校の同窓会には顔を出して、少しでも咲良に繋がる話はないかって必死だった。でも、途中で転校した、しかも二学年も下の一年生の情報なんて、まるでなくて」

はーっと、熱い吐息をこぼし、手に絡まる指に力を込め高槻は囁く。

「それでも、誰かの妹か弟が知ってるかも、近況を知ったかもって思うと、望みを捨てきれなかった。……正直、興信所とか探偵とか使おうかとすら思ったよ。でも、それは咲良が嫌がると思って、そうしたらできなくて」

確かに、と思う。

彼の収入があれば、探偵や興信所を使うのは訳もなかっただろう。だけど、咲良がそれを知ったらきっと怖いと思った。なんだか日常とは遠い存在で、普通じゃない気がして。そんな人を雇ってまで自分を探そうとされたことが怖ろしくて。

高槻だって、咲良のその平穏を好む気質や臆病さをわかっていたのだろう。だからこそ、もどかしくても自力で探し続けたに違いない。

探し出して告白するだけでなく、その先にある咲良の気持ちまで考えて、焦れる気持ちを抑え探してくれたことに心が震える。

「先輩……」

本当に、探してくれたのだ。見つかるともしれない、別れも言わずに逃げた彼女を。

高校生という、人生のほんのわずかな瞬間しか共有しなかった相手を。

他にもっと優れた才能を持つ女性もいただろう。綺麗な人も現れただろう。なのに、脇目を振ることもなく、ただひたむきに真っ直ぐに、彼はこちらへ来てくれた。

そう思うと自然に咲良の身体が高槻の方へ近づいて、彼の身体もまた近づいてくる。

互いの顔が傾いて、触れるか触れないかの位置で一瞬止まった後、唇が重なった。

他人の熱に戸惑ったのも一瞬で、すぐに柔らかさと暖かさが心地よくなる。

一秒進むごとに触れ合う部分の体温が互いになじんで、そこからゆっくりと体がとろけていくような感覚にとらわれ、咲良はうっとりとしてしまう。

このまま時間が止まってしまえばいいのにと思うのと同時に、触れていた高槻の唇が咲良のそれから離れた。

空気が唇の表皮を撫でる感触に寂しさを覚え、つい高槻の体に手を伸ばしかけ――だけど、そこで動きを止めてしまう。

(よくない)

そうだ、よくない。

相手の気持ちに返事をしていないのに、いや、それ以前に過去に彼を振ったのに。つらい気持ちにさせたのに、自分からキスをねだるような仕草をするなんて。

思わせぶりな態度は慎まなければと思いつつ、どうしてとも思う。

高槻に対する気持ちなんて決まっている。今でも夢に見るほど思いを残しているくせに、素直に好きと答えられないなんておかしいと。

だけど、咲良はもう学生ではない。社会人になって六年も経つ大人だ。いろんな経験をしてきたし、その中で失敗もしてきた。

――大人になるということは、責任の取り方を知るということだ。

違う考え方もあるだろうが、少なくとも咲良はそう認識している。そして、高槻が同じ価値観を有していることもわかっている。

この人を選んで失敗しない？　いや、失望させない？

ひょっとしたら彼は過去の恋を美化して咲良に夢中なだけで、今の咲良を、大人になって挫折やずるいことも知った咲良を知って失望したりしないだろうか。

その時、自分はきちんと責任をとれるのだろうか。別れを受け止め切れるのだろうか。

(怖い)

そう、怖いのだ。また、同じ気持ちを味わうことが、彼との別れを再び経験することが。そして、彼を失えば一生一人で生きていかなければならないかもと考えることが。

抱きしめようと上がりかけた手を結び、強く握りしめ意思の力で元のように下ろす。

高槻もそれに気づいたのか、身体を離し――そして切なげにため息をついた。

「……家のドアの前まで送る」

「そこまでしなくても、まだ暗くない、し」

「それでも心配だし、少しでも咲良の側に居たい」

きっぱりとした口調で言われては拒めない。それにどこかでうれしくもあった。

離れがたいという気持ちを共有しつつ車を降りる。まるで恋人同士のように寄り添えば、かつてと同じように高槻が咲良の手を取った。

自然過ぎる動作を受け入れ、今更、振りほどくのもおかしくてそのままにしつつ、自分の優柔不断さに気を滅入らせる。

「どうした?」

「いえ、一日が早かったなと」

それは嘘偽りない台詞だったが、どこか声が重くなる。

高槻は、それを、咲良が自分と離れがたく感じていると思ったのか、あるいは単純に安心させるためか、繋ぐ手に力を込めることで返事する。

「そうだな。だが、またすぐに会えるさ。同じ職場だし」

うれしいような、うれしがっていてはいけないような複雑な感情が喉を詰まらせ、咲良は上手く言葉ができずうつむく。

いつまでも答えないのに、高槻は返事をせかすでもなく、すねるでもなく、ただただ咲良の足の進みに合わせて歩く。彼の長い足なら一歩で終わってしまいそうな距離を二歩以上かけて進む咲良にじれるでもなく。

そうしてアパートの階段を二人で上る。

二階にある咲良の部屋の前までは、すぐたどり着いた。

「ここで大丈夫です」

「そうはいかないよ。咲良が家の中に入って、ちゃんと電気がついて窓辺に来てくれるまで、俺は見送るって決めているから」

学生時代もそうだったようにと続けられ、咲良はほんのりと頬を染めつつ肩にかけているトートバッグの中を探る。

鍵を取り出し、いつものように回そうとしてぎくりとする。

「どうした？」

「いえ、私ったら……急いでいて鍵を閉め忘れたみたいで」

そんなはずない。いつものように鍵がかかっているかドアノブを確認した。

だけど急いでいたから、ラッチが完全にひっこまないうちに引っ張って、ドアがつっかえていただけで、実際は鍵をかけたつもりなだけだったかもしれない。

日常的すぎるが故に、かえって記憶が曖昧だ。

まったく。と自分に苦笑しつつドアを開き、ではこれでと頭を下げようとした咲良は、横目に見えた自分の部屋の有様に頭が真っ白になる。

「え……」

間の抜けた声が出た瞬間、すごい勢いで繋がれた手が引かれ、よろめく身体をしっかりと抱き寄せながら高槻が一歩前に出る。

「高槻せんぱ……」

「前に出るな、咲良」

自分の身体を使い咲良の身をかばいつつ、高槻が手探りで部屋の明かりをつける。

途端、目の前がまぶしくなって手をかざしたのも一瞬、すぐに、腕から力が抜け、咲良は呆然としてしまう。

――部屋が、荒らされていた。

廊下と台所が一つになった短い空間を抜ければ部屋となる作りのワンルームは、玄関の明かりだけでも中を見渡せるぐらいには明るくなっていて。

だから咲良は、一目ですべてを見てしまう。

本棚の本やカラーボックスにしまってあった化粧品がすべて床に落ちている。

それだけでなく、ベッドのシーツと布団は一緒くたに開けっぱなしの窓からベランダへ投げられていて、壁に備え付けのクローゼットの中身は、掛けてあったコートやジャケットだけでなく、下部にあるチェスト部分の引き出しすべて取り払われ、ひっくり返され、シャツも下着も関係なく散乱している。

無事と言えるのは一畳ほどの広さの台所の鍋と皿などの食器ぐらい。

あとはもう、なにもかもが引っ張り出され、床に投げ出されているのが見えた。

「……空き巣?」

現実味がない光景にぽかんとしていると、高槻が「悪い」と一言謝ってから、靴のまま室内に上がり、トイレと風呂、そしてベランダをチェックする。

そうして、誰もいないことを確認すると振り返って咲良に告げた。

「すぐ、警察を呼ぶ」と。


部屋にいた高槻は、咲良の元に戻るなりスマートフォンで通報し、それから十五分ぐらいしてから派出所の警察官がきた。

その二十分後に所轄の警察署から生活安全課の窃盗担当の刑事らしき背広の男たちと、鑑識の制服を着た男たちが立て続けに到着し、咲良の狭いワンルームはあっという間に人で埋め尽くされる。

カメラのフラッシュが瞬く横で事情聴取されるも、咲良は気が動転してまともに答えられず、代わりに高槻が状況を説明してくれた。

途中、あまりにも高槻がテキパキしすぎていたため、警察官が疑いを持ったような顔になったが、彼が大学病院の救命救急医だと知ると、途端に態度を和らげた。

恐らく、こういう事件に関わる患者などもいて、だから慣れているのだろう。

とはいえ彼も多少動揺していたのか、受け答えする間じゅう咲良の肩を抱いていて、警察官ですら威嚇するように顔をこわばらせていたのではあるが。

ともあれ、今日は家に一人でいないほうがいいと警察官から提案されたが、あまりのことに咲良は頭が働かない。

空き巣が入るなんてまるで考えていなかった。

確かに、オートロックや監視カメラもない古いアパートではあったが、学生時代から今まで、なんの問題もなく暮らしてきたわけだし、外の道路だって夜中はともかく日中はそれなりに人通りがある。

にも拘わらず泥棒なんてと言う気持ちと、どうして自分の部屋が狙われたのかという驚愕《きょうがく》が大きすぎて、ホテルに泊まるということも思いつけなかった。

それに気づいたのは、警察の事情聴取が終わった後で、あわててホテルを取ろうとするも、土日のためか手頃な価格と場所にあるホテルはどこも満室だった。

もう少しグレードを上げるか、いや、上げたとしても、二、三日かそれ以上、部屋の片付けにかかるだろうことを考えると、預金も心許《こころもと》ない。

第一、あの部屋で——荒らされたというより、壊されたような有様だった部屋で、なにもなかったように暮らすのは無理だ。

どうしよう。と途方に暮れていると高槻が言った。

「今日のところは、ひとまず俺の家に来ないか。引っ越してきたばかりでまだ使ってない部屋が一つ余っている上、大学からも近い」

咲良さえよければしばらく住んでもいい、とまで言われ迷うも、結局、一人で居るのが怖いという気持ちが勝り、黙ってうなずいた。

車に乗ってすぐ、高槻は咲良の親に対し電話し、こういうことがあったので、しばらく預かります。と実に誠実かつ礼儀正しく伝えた。

最初こそ驚き狼狽《ろうばい》していた両親も、今日、結婚を前提にお付き合いしたいと挨拶されていたからか、二人がとっくにそういう関係だと思ったようで、よろしくお願いします。とすべてを高槻に任せてくれた。

そのまま車に乗って十分ほど、途中でコンビニに寄って、咲良が泊まるのに必要なものを購入した後、二人は大学病院を挟んで向かい側のマンションへとたどり着く。

まだ声を出せない咲良を優しく促し車から降ろした高槻は、その手を繋いだままエレベーターに乗り、最上階である十四階のボタンを押す。

上がっていく階数表示をぼんやりと眺めていると、高槻がそっと頬に手を当てる。

「大丈夫か……、いや、大丈夫なわけないよな。ごめん」

「そんな、高槻先輩が謝ることじゃないです」

今まで喉に言葉がつっかえていたように声が出なかったのが、ここに来て大丈夫だと安心できたのか、それとも頬からにじむ高槻の体温に心が少しほどけたのか、咲良は反射的に言い、そうだと後で納得する。

泥棒が入ったのは高槻のせいじゃないし、動揺しているのも咲良の心の問題だ。

とはいえ、完全に無関係とも言えないのがきつい。

それというのも、警察曰く、これは物取りの犯行ではないとの判断らしく、心当たりがないかと聞かれていたからだ。

確かに、部屋は散々に荒らされていたが取られたものはほとんどない。というより、取るような貴重品は咲良の家にない。

強いて言えばノートパソコンぐらいのものだが、それはベッドの上で開かれたまま放置されていた。——起動して、ロックを解除できるか試したらしい。

下着や服も散乱してはいたが、盗まれたものはなく、痴漢の疑いがないとくれば、怨恨しかない。

普通に暮らしていて、とくに心当たりはと言いかけて、咲良ははっとした。

——城崎だ。彼女が解雇されたことに腹をたて、この間のように人を使って咲良の生活をめちゃくちゃにしようとした可能性はある。

なるべく意見が偏らないよう、考えを伝える。

その一方で、どうして自分がここまで恨まれるのかわからず、混乱もしていた。

合コンでお持ち帰りさせようとした、もっとぶっちゃければ昏睡レイプを仕組もうとしていたこともひどいが、その後に、空き巣をするのはもっとひどいし、なによりリスクが遥かに高い。

被害者が訴えて初めて犯罪になるのではなく、荒らした時点で窃盗という罪が加算される行動を取るだろうか？

とはいえ、高槻曰く、あの手合いは八つ当たりや他人のせいにするのが得意らしいから、咲良には預かりしれぬ行動原理があるのかもしれないが。

行きずりの犯行にしろ、城崎の犯行にしろ、怖いことに変わりはない。

ため息をついて、頭を振り咲良は口を開く。

「気が動転しているだけで、少し休めば大丈夫です」

空元気なのをわかりつつ、表情を笑顔にしてみせるが、それが余計に高槻の心配をあおってしまったようで、彼は頬にあった手を咲良の腰へと回しかけ——そこで、エレベーターが高槻の部屋がある十四階に到着した。

促されるままエレベーターホールを抜ければ、すぐ前に玄関ドアがあって驚いた。

なんでも、マンション自体の敷地面積はそう大きくなく、各階に部屋は一つか二つしかないそうで、そのほとんどが大学に勤務する医師または関係者と身元がしっかりしているそうだ。

「今日は、住民専用のエレベーターを使ったから会ってないけど、正面から入ればコンシェルジュデスクがあるし、防犯も警備会社と提携していて定期的に見回りがくるから」

咲良を安心させるために言ったのだろうが、コンシェルジュという耳慣れない単語に目を瞬かせてしまう。

ひょっとして、家賃がとんでもなく高いのでは？　と思ったが、彼の職業と実家が病院経営一族であることを考えれば、これぐらい当たり前なのかもしれない。

カードキーで解錠したすぐ先には、大理石のタイルを貼った広い玄関があり、その先に廊下があって左右に二つずつドアがある。

トイレにバス、それから仕事用の部屋——書斎と、あとは客用の空き部屋らしい。

「ベッドとクローゼットはあるから」

リビングに近い一室のドアを開いて、高槻が中を見せる。

と、シンプルなセミダブルベッドが一つと部屋に備え付けのウォーキングクローゼットだけの部屋が目に入る。

家具がないから、余計にそう見えるだけかもしれないが、大分広い。咲良の部屋なら二つは入りそうだ。

「好きに使っていいから。道具なんかも家から持ってきてもいいし、買ってもいい」

今日だけでなく、先まで使い続けていいのだとさらりと言外に含められ、咲良はどう返事をしていいかわからない。

今晩、長くても明日か明後日までと考えていたのに、家具まで買う話が出るなんて、まるでいつまでもここにいる感じだ。

「そんなに長くは」

「俺は、居てほしい。……もし咲良になにかあったらと心配したくないし、好きな子の側に居られるのは単純にうれしい」

家に帰ってきたから少し落ち着いたのか、高槻が本気とも冗談ともつかない調子で言う。

「変なことはしないよ、多分」

「多分って……」

「嘘。咲良が嫌がることはしない。二度、振られるのはキツいからな」

ははっと笑われ、また返事に困る。

「ごめんなさい。あの……私」

「返事をしてないのに、曖昧な態度を取ってるって？　当たり前だろ。俺は咲良を口説いてるんだから、もっと心を揺らしてもらわないと」

口説いてる、の部分だけ妙に熱っぽく力説され、ますます困っていると、ハの字になった眉の間をつつかれた。

「困ってるな。いいぞ。……もっと心を揺らして、早く、俺になびいてしまえ」

笑い、だがあながち冗談とも言えない調子で言われ、心臓が小さく跳ねる。

強いなあと思う。飾らず素直に気持ちを伝えられるところが。

咲良だったら、こう言ったらどう思われるだろうとか、どう取られるだろうかとうじうじ悩んでしまうようなことも、なんのてらいもなく言える様子がまぶしくて――気持ちが惹かれてしまう。

こうまで言われて応えきれない自分の臆病さが嫌になる。

好きという気持ちに素直になれないのが、ひどく申し訳ないとも思う。

彼がまぶしすぎて、たまらず目をそらせば、高槻は一瞬口をつぐみ、それから何事もなかったように告げた。

「とりあえず荷物置いて、それから風呂にでも入れば？　温まると落ち着くぞ。遅くなったし」

「え、お風呂って、でもまだ帰ってきたばかりで」

「スマートフォンから操作しといたから、湯は張ってあるよ。便利だろ」

悪戯が成功した子どもみたいな笑顔を見せつけられ、咲良は〝この人にはかなわないな〟と思いつつうなずいた。


浴室は想像以上に広かった。

湯船がゆったりしている上、シャワーブースまであってまるでホテルみたいだ。

ワンルームアパートの小さな浴槽ばかりだった咲良は、久々に手足を伸ばしてゆっくり風呂に入れたのと、身体が温まったので、怖さにすくんでいた気持ちがほぐれた。

湯から上がれば、洗面所には洗い立てのバスタオルと、きちんと畳んであった着替えが置いてあった。

が、その着替えに赤面してしまう。

当然といえば当然なのだが、高槻のTシャツは咲良には大きすぎる。しかもハーフパンツは腰が緩くて少し――いや、かなり気になる。

とはいえいつまでも浴室に閉じこもっていては、高槻がお風呂に入れない。

覚悟を決めて服を着て、ずれ落ちがちな肩をたくし上げる。

咲良が風呂に入っている間にリビングを片付けるから、と言って高槻が消えたドアをくぐり抜け、思わずわあ、と声を上げる。

すごく、眺めがいい。

部屋の角から半分までが硝子《がらす》張りになっており、それが角の部分であわさっているので、視界が百八十度ひらけていて、そこから新宿の夜景が一望できる。

赤やオレンジ、青といった光の粒が窓の下に広がり、その中に大学病院の大きな建物がはっきり見える。

大学周囲の雑木林は夏なので葉陰で暗くなっていたが、春は桜並木が大学病院を囲むのが綺麗に見えることだろう。

遠くにはビジネス街の高層ビルや都庁が望め、屋上にある飛行機衝突防止の赤いランプが明滅しているのが見える。

眺めだけじゃない。

広さもまた格別で、フローリングの床が続く様子はなにかのスタジオか舞台みたいだ。

引っ越してきたばかりだからか、家具は少なかったが、そのどれもが高そうで咲良は目を瞬かす。

壁を覆わんばかりの有機ＬＥＤモニターテレビに、黒革張りのおしゃれなソファセットがテレビの前と、部屋の角――一番夜景が綺麗に見えるだろう部屋の角――に、一つずつ。

キッチンも広くて、カウンターに並ぶ赤いスツールは全部で五つ。

まだ調理道具はさほどなく、代わりに最新式とおぼしきジューサーとコーヒーマシンがピカピカに光っているのが目立つ。

飾りといえばテレビ台に並ぶ形でおいてあるコンソールボックスぐらいで、その上にクリスタル製だろう写真立てが一つとなにかのトロフィーが一つ。

家族写真かな、とそちらのほうへ歩いて行き、咲良は思わず顔を赤面させる。

高校時代の咲良が、満面の笑顔でこちらを見ていたからだ。

いつの間に、と思って顔を覆っていると、台所でコーヒーを入れた高槻が気配を感じたのか振り返り、途端、咲良と同じく赤面する。

「えっと、どうしました？」

自分はともかく、高槻が赤くなっている理由がわからず尋ねると、彼はどこか上の空な様子で口を開く。

「いや、覚悟以上に咲良が俺の服を着ているのが……威力が強くて……ッ」

なにか言いかけ、すぐ、パンッと音がするほど強く口に手を当て目を泳がす。

「私が先輩の服を着ているのが、どうか……」

したのか、と尋ねようとして咲良は腰をひねり、落ちかけたハーフパンツに手をやりはっとする。

（これは、いわゆる〝彼シャツ〟という格好……かも）

気づいた瞬間、やむを得ない事情とはいえ男性の部屋に、しかも元カレで自分を口説いている相手の部屋に上がり込んでいることに気づく。

嫌でもその手の情事を意識させる状況に、咲良が目を白黒させうろたえていると、高槻にも狼狽が伝染ってしまったのか、妙に早口で言い切られた。

「コーヒー、ここに置いておくから、カウンターでもソファでも好きなところで飲んで。あと退屈だったらテレビを見てていいから。咲良が読みそうな本はここ！」

一気にまくしたてると、勢い込んだ姿勢でキッチンカウンターをよぎりかけ、そこで腰をぶつけたのか、痛っ、と小さく声を上げる。

「大丈夫ですか！」

「大丈夫、大丈夫。……いや、大丈夫じゃ、ないかも」

駆け寄りのぞき込もうとする咲良を手で制し、高槻は頭を振る。

「俺、風呂入って頭を冷やしてくるからッ」

言うなり、咲良が止めるより早くリビングをよぎって浴室のほうへ消えて行く。

（待ってて、って言われても）

とりあえずはと高槻がおいていったマグカップを両手に包んで持つものの、急に、この家に二人きりなことを意識した咲良は、どこでも落ち着けそうになかった。

頭が痛くなるほど冷たいシャワーを浴び続けた高槻敬真は、寒気を感じてきたのを期に湯船につかる。

そして馬鹿みたいに何度もお湯で顔を洗い、天井を見上げため息をつく。

「破壊力、半端ない……」

咲良のことだ。

自分の服を貸してもいいか迷いはしたが、なにせ服からなにから床にばらまかれていて、証拠が残っているかもしれないから触らずに、と言われたので、正真正銘、咲良は着の身着のままで高槻の家にやってきたから仕方がない。

とりあえずパジャマを、と考え、いやそれだと意識させすぎかと考え直し、無難なTシャツとハーフパンツを用意したのだが、それでもいけなかった。

肩を越して腕のほうまでずれるTシャツに、かろうじて腰にひっかかっているとおぼしきハーフパンツは今にもずり落ちそう。

自分が着ればほどよく身体に沿う生地も、小柄な咲良が着ると胸や尻などの部分だけが妙に突き出ている形になってしまい、それがなんとも悩ましい。

◇◆◇

思わず赤面し、ぽろりと本音をこぼしうろたえれば、カウンターに骨盤をぶつけるというみっともないところを見せてしまい、それを笑うならまだ〝かっこ悪いよな？〟で済ませられたのに、生真面目な咲良は心配して駆け寄ってくる。

そのけなげさに胸をときめかせたのもつかの間、前屈《まえかが》みになった彼女の襟元からは綺麗な鎖骨と胸の谷間——そして、白いブラジャーまでもがチラリとのぞき。

これ以上近寄られたら、完璧に股間がどうしようもない状態になっているのがバレてしまう。

それはまずい。

咲良が望まなければ手を出す気はないと告げていたし、それを守る気持ちはあるが、肉体の反応と劣情は意志の力ではどうにもならない。

まして、長年追い求めてきた女であればなおのこと。

「やっば」

短くつぶやいて、また顔を洗う。

冷静になれ、冷静になれと自分に言い聞かせるが、咲良以外に彼女がいたこともない、当然、女遊びなんていい加減なこともできない高槻は、その手の経験がまったくなく、こういうときにどう落ち着けばいいかなんてわからない。

（綺麗に、なりすぎなんだよ）

理不尽な八つ当たりだとわかりつつ、高槻は頭の中でぼやく。

少しだけ伸びた身長、学生時代よりすらりと細くなった身体つきに加え、まっすぐに伸びた背中。

咲良がいると聞かされ、着任当日に場所を知りたいからと案内役の医局秘書に頼んで連れて行ってもらった大学図書館は、高槻が前にいた大学より、もちろん、実家の総合病院にある図書室より広く、蔵書も多く、このどこかに居るのかと、何気なく救急関係の図書の棚へ向かい歩いていた時だ。

二つ先の書架に本を戻そうとする司書の女性の姿があった。

それが咲良だと気づくのに、一拍かかった。

というのも、当たり前だが高校時代よりさらに落ち着いて、そして綺麗に見えたからだ。

本当に彼女なのか、と息を詰める高槻の目の前で、咲良は出会った時と同じように腕に抱えた本の一冊を、高い棚へ戻そうと腕を上げていて。

（まるで白鳥が羽ばたこうとする姿を見ているようだった）

迷いなく、まっすぐに伸びる腕に純白の翼がないのが不思議で仕方なくて、書架の合間から差し込む陽光に浮き立つ彼女の姿が凛としすぎていて。

胸が震えるほどの感動を、また再び味わう幸せをかみしめつつ、高槻は咲良が本を棚に戻し終わり、そして、いつものように〝よし〟と小さく微笑む様子まで見守っていた。

本当ならいつまでも見守っていたかったのだが、傍らにいる医局秘書がどうしました？　と尋ねてきたのと、図書館にばかり長く居座っては変に勘ぐられる気がして、別にとそっけなく応えた。

咲良が居た。あの頃と変わらずに、どころかより美しくなって。

それだけでもたまらないのに、彼女の無防備さが余計に高槻を焦《あせ》らせる。

初日から仕事の合間を見つけては図書室に向かうも、彼女と時間が合わないのか、あるいは配達に出かけているのかなかなか会えず、これは積極的に行かなければと考えだした中、彼女が、合コンにいる場に出くわした。

同席しているのは咲良の後輩である大学図書館の司書。

その女——城崎が、咲良をよく思ってないだろうことは、咲良が見ていないところで彼女をにらむ目線と、そして医者間の噂で知っていた。

というのも城崎の医師狙いは有名で、あまり入り浸ったらうざいほど付き纏《まつ》わられるぞ、と先輩医師に冗談めかして忠告されていた。

逆に咲良の評判は上々どころか特上で、頼めばどんな本だって探してきてくれるし、配達に来て渡してくれる時の笑顔がいい。なんて鼻息も荒く語る奴までいた。

もっと言えば、チャンスがあれば口説きたい。告白できればと狙う奴までいて、相当にいらだったのは覚えている。

ともかく、不真面目な奴より真面目な奴が好まれるのは、医師という職業でなくても当然であって、咲良のほうがさりげなくモテることが気に食わない。もっと言えば、彼女がいなければ自分がモテるのに、などと城崎が連れの事務員にぼやいているのさえ耳にした。

完全なるお門違いだし、相手がいなければ自分がと言っている時点で、相手に負けているのを認めているようなものなのに、城崎はそれを口にして恥もしない。

そのくせ、咲良本人に対しては適度に親しい演技をするのは上手く、人のいい彼女は城崎の悪意に全く気づいてないのにも焦れた。

だから、合コンに同席しているのを見て嫌な予感はしたし、同時に、彼女が合コン——恋人探しの場——にいることも、気に食わなかった。

高校を卒業してから十二年も経つ。だから彼女だって人並みに恋したり、彼氏を探すのも当然だろうと理性ではわかっていても、感情がどうにもついてこない。

そんな中、青い飲み物が彼女に出され——あとは予想通り。

錠剤を砕いたものとおぼしきなにかが入ったグラスを横から奪い、それが睡眠薬入りのアルコールだとわかって一気飲みした。倒れるとか昏睡とか、そんなこともうどうでもよかった。

ともかく咲良をあの場から連れ出し、逃げられればとばかり考えていた。

後に、咲良が合コンも初めてで彼氏もいないと知り、一転上機嫌になったが、それだけではいられない。

ともかく、あの城崎を始末しないとと考え、彼女の過去や噂を追って調べれば、出るわ、出るわの余罪。

気に入った医師が目をつけた女性を合コンに誘い、同じことをやらかして救急車沙汰になったのを探り当て、報告書にまとめて医学部長に提出し——彼女の伯父だとかいう大学の学長が、翌週明けになるのを待たずに城崎を解雇させ、あとは確固として彼女を口説き落とすだけ。

そして今日、彼女の両親に会って外堀を埋め、あとは本人となっての空き巣騒ぎ。

まったく前途多難でしかない。

——それでも、家に咲良が居る状況をうれしいと思うあたり、男は現金だ。

長々とため息を落とし、高槻は手の甲を額にあてて湯船に沈む。

(だが、あれは本当に城崎か？)

怨恨による嫌がらせという可能性が高い。という警察の判断を聞いた時、咲良は震えながらも、きちんと城崎の件を伝えていたが、なにかが高槻にはひっかかる。

いや、なにかじゃない。状況が変だ。

普通の嫌がらせや、物取りなら、いつ相手が帰ってくるかわからない中、時間との勝負。

あんなに丁寧に——それこそ本の一冊に至るまで調べ、落としていくようなことはしない。

触れば触るほど証拠が残るのに。

あらゆるものが、台所部分以外が丁寧に荒らされているあれは、まるで、なにかを探っているようだ。

しかも、咲良が帰ってくる時間を把握しているかのように。

（……まさか、な）

そんなことはない。と思うと同時に、だが、予想外の行動を取る人間が居るのもわかっていた。

例えば、兄と離婚したくなくて、離婚することで贅沢な暮らしを手放すのが嫌で、自殺騒動を引き起こしては話し合いを先延ばしにするのみならず、弟である高槻を振り回し、自分に縛り付けることで、家とのつながりを保とうとした義姉のように。

「だが、まさかと思うことほど、真実に近い」

指導してくれた救急医がくどいほど言っていた台詞を口にしつつ、高槻は次の手を考え始めていた――。

◇
◆
◇

立ったままぼんやり過ごすのも始末が悪い気がして、桜庭咲良はソファに座る。

だがくつろぐ気分からはまるで遠く、コーヒーのカップをテーブルに置いて頭を抱えた。

――考えることが多すぎる。

盗難の件は一日二日では片付かないだろうし、あんなことがあった所に住み続けられるかといえば答はノーだ。

それに服も買い換えなければならないだろう。

警察が到着してから一緒に部屋を見て回ったが、服どころか下着の一枚にいたるまで全部放りだされていた。一度犯人が触ったかと思うと気持ち悪いし、着るたびにあの部屋の惨状を思い出すだろう。

（まずは家を探して、引っ越しして、家具は……持って行けるだろうけど、それ以外はほとんど全滅だから買い換えかなあ）

不幸中の幸いと言えるのは、本にはほとんど被害がなかったことだ。

何冊かはページが折れ曲がってしまったが、破られてはいない。

（今は手に入らない絶版本とか、初版本とかもあるから、それはよかったのかな）

そこまで考えて、ふと思う。

犯人はなにをしたかったのだろうか――。

金目のものが盗まれず、下着も持っていかれてないことから行きずりや痴漢の犯行ではなく、咲良を知るもの、あるいはストーカーの犯行だろうということだが、心当たりはほとんどない。

唯一、城崎の逆恨みという可能性もあるが、彼女だったらなにより先に、咲良の本に手を掛けていったのではないだろうか。

図書館職員の間でも、咲良の本好きは有名だ。

もし、そんな咲良に恨みがあるなら、まず大切にしているもの――本や本棚を壊していくのが当然のように思える。

(なにも取ってないというのが、逆に怖いな)

ため息をついて咲良は思考を切り替える。とにもかくにも生活を立て直すのが先だ。けれど新しい家の敷金礼金に加え、引っ越し費用、買い換えと考えると咲良の貯金ではあまりにも心許ない。

「どうしよう……」

「なにをだ」

不意に背中から声を掛けられ、驚き振り向けば、風呂から上がったばかりの高槻が咲良とそう変わらない格好で髪を拭いていた。

湯上がりだからか、わずかに朱を帯びた肌。はっきりとして鍛えられた身体の線。とくに腕の筋肉はしなやかかつ綺麗《きれい》な形をしており、上背の高さもあって医師ではなくスポーツマンと言っても通じそうだ。

ドライヤーで乾かすのが面倒だったのか、濡《ぬ》れた前髪から落ちたしずくが額からこめかみ、顎へと伝う様子は爽やかなのにどこか色っぽく、大人の男という単語を意識させる。

「いっ、いえ。引っ越しとか大変だなあって」

つい赤面してしまったのを、顔を前に向けることでごまかすと、高槻が咲良に並んでソファに座る。

「別に急いで考えなくてもいいだろう。さっき見たように部屋は余ってるし、勤務先は近いし。……できれば、俺は咲良にずっとここにいてほしいと思っているけど」

「そんな、それだと先輩の好意に甘えっぱなしじゃないですか」

「惚《ほ》れた女に甘えられるのを嫌がる訳ないだろ。甘えろよ、もっと、俺に」

さらりと続けられ、咲良は赤面してしまう。なのに高槻はなお言いつのる。

「俺は、十二年できなかった分、咲良をぐずぐずのどろどろに甘やかしたいし、可愛《かわい》がりたいし、愛したい」

「っ、そんな、こと……言われたら、甘えすぎて、私が駄目になったらどうするんですか」

うなじや耳まで赤くしながらうつむけば、高槻ははっと明るく笑う。

「それで駄目になるような女じゃないだろ。こんなに口説いてるのにまるでつれないし」

「つれなくなんか……。だって、その、変な期待させちゃ悪いし」

「変な期待って？　じゃあずばり聞くけど、俺は望みゼロなのか」

直球すぎて言葉に詰まる。こうやって正面からぶつかってこられるともう駄目だ。

「ゼロじゃ、ない……というか、多分、いえ、きっと好きです」

消え入るような声で告げると、ふーっと大きなため息をついて高槻が両手を伸ばし咲良の頬《ほお》をつつんで自分の方を向かせる。

「じゃあ、なにがダメ？　言えよ。咲良の悩みも気になることも、全部俺が片付けるから」

迷い一つない、それだけに強い台詞《せりふ》に心臓が大きく跳ねる。

「だって、昔……私から振ったのに、今また付き合うっていうのは」

「それは好きと関係ないだろ。好きあってるのに付き合わないのは不自然だ。それに、俺は別れたと思ってない。状況が悪くて離れていただけだ」

確固とした意志の強さを感じさせる声は昔と変わらず強く、そしてまぶしい。

「気持ちは変わらない。変わってないどころか日々強く募っている。……咲良は？」

問われ、目を泳がせるも、いつまでたっても話をやめず咲良からの返事を待つ高槻に折れ、咲良はつぶやく。

「好き、です。私も……敬真さんが」

「そこで名前を呼ぶとか、参るんだけど」

先輩も先生も違う気がして名を口にした途端、高槻が天井を仰いで熱い息をこぼす。

「煽《あお》るなよ。手を出さないって言ったのが嘘《うそ》になってしまいそうだろ」

「煽られて、いいですよ？　手を出してくれても、別に」

それがなにを意味するかわからないほど子どもじゃない。

きっと男女のことだろう。だけど不思議と拒む気持ちは湧いてこなかった。

頭の中のどこかで、体験するなら相手は高槻がいい、いや、高槻しかいないと覚悟していた部分もあったから。

それに、ここまで大切にされて、思われて、気持ちも一致しているのに拒むのは違う。

なにより、盗難騒ぎがあった夜に一人で寝るなんてとてもできない。

「怖いから、抱いてっていうのは卑怯《ひきょう》ですか？」

「……いや、怖くて当然だろ。それに、彼女が怖がってるなら朝までも寄り添って付き合うのが当たり前だろ。側にいて、熱を感じたいというのなら、それすらも」

言うなり、高槻が咲良の顔を引き寄せ、自分の顔を傾けて唇を奪う。

重ねられた唇は角度や位置を変え、なにかを試すように触れては離れしていたが、咲良が息苦しさに薄く口を開いた途端、後頭部に当てられていた高槻の指に力がこもり強く寄せられる。

舌が唇を割って歯列をなぞる。

まるで特別に大切なキャンデーでも舐《な》めるみたいに、舌先でそろりと奥から手前までなぞられ、自分のものではない熱に不思議な心地よさを感じる。

「んんっ……っ、ん」

鼻から抜けた声の甘さが気恥ずかしい。

たまらず頬を紅潮させると、そんな仕草もいとおしいと言いたげに高槻は咲良の後頭部からうなじを指で優しくなぞる。

最初はバラバラだった舌と指の動きは、けれどすぐに連動しだし、咲良の鼓動と興奮をゆるやかに高めだす。

そのうち試すようにひっそりと、だが咲良が抵抗しないと気づくとすぐ大胆に舌は歯門のあわいをくぐり抜け、いよいよ口腔《こうこう》へと侵入する。

驚くほどなめらかに男の舌が入り込む。

咲良がそのことに驚いたのも一瞬、すぐに柔らかいもので中を探られる心地よさに陶酔しだす。

(温かくて、気持ちいい)

触れ合う部分がぬるぬるとすりあわされるたびに唾液が果汁のようにしみ出し、密《ひそ》かな水音を立て、二人の間にある空気を淫靡《いんび》さで塗り替えていく。

それが恥ずかしくもあったが、もっと高槻を味わいたいという衝動のほうが強かった。

上顎の部分をざらりと舐め上げられ、かと思えば頬の裏側を優しくたどる。

ゆったりとしたやり方は彼が己の衝動を抑え、咲良を大切に扱おうとしているようで、すごくうれしい。

驚きに強《こわ》ばっていた舌からは力が抜け、まるでそうなることが当然のように高槻のそれと絡み、擦り合わされていく。

「ん、ふ……ぅ、んん」

鼻から抜ける声が甘ったるくて気恥ずかしい。だけど止めたいとはちっとも思えない。

どころか、脇に添えていた腕はいつしか彼の背にあって、薄いリネンのシャツをしわが寄るほど掴《つか》んですがっていた。

互いの舌がより淫靡に絡まりだすにつれ、二人の唾液が混ざり合い、蜜のようにとろりとしだす。

それに味などないはずなのに、禁断の媚薬《びやく》みたいな甘さを脳で感じ、咲良は口づけに陶酔していく。

息苦しさとも恥ずかしさとも違うなにかが、頭の芯をぼうっとさせ顎の力が失われだす。

咲良の身体からは徐々に力が抜けていき、それに会わせ高槻の舌の動きはたちまちに激しくなり、いつしか喉近くまで含まされていて、含み切れなかったものが唇の端から溢《あふ》れ肌を伝った。

「うぅんっ！　っ、……っ、ん」

濡れた感触が肌を走るのにすらぞくぞくし、身体がわななく。

たまらず高槻に強く抱きつけば、応えるように腰を引き寄せられて咲良の胸が硬い男の胸板に押されてすれた。

いつしか頭をもたげだした乳首の先端が下着にこすれ、電流に似た刺激が走る。

同時により強い衝動が身体を震わせ、刺激は甘やかな疼痛《とうつう》となって鼓動ごとに身を震わした。

――心臓の音が、すごく、強い。

隙間がないほどきつく抱き合って、唇を重ね、吸い、時には甘噛みされて、どんどんと身体が昂《たか》ぶっていくのがわかる。

大人のキスだ。

子どもの時にした、かわいいものとはまるで違う。

お互いをむさぼり官能を引き出すような、強く激しい口づけは、その先にあるものを——セックスを予感させた。

だが高槻とならかまわなかった。

どころかこうして触れ合うごとに、遅いという思いさえ湧いてくる。

あの時、違う女性のために走り去る高槻を見るのがつらくて逃げ出しさえしなければ、とっくにこうなっていたのだ。今更臆する必要もなければ、拒む理由もない。

始まりが一時の衝動からだったとしても、今の咲良には後悔などまるでなかった。

「もっと、触れてもいいか」

すっかり上がった呼吸の合間につぶやかれ、小さくこくりと頷《うなず》けば、たちまちに男の手がTシャツの裾をかいくぐり腰あたりの肌を撫《な》でた。

「ひゃっ……っ、ん」

男の、熱く、大きな手が直に皮膚へ触れる感触に驚き声を上げれば、すぐ、かわいいと微笑《ほほえ》んでつぶやかれ、咲良は恥ずかしさに目をそらす。

「別に、かわいくは」

「かわいいよ。こんなに赤くなって、震えて、目を潤ませて……とてもかわいくて、色っぽい」

もっと言葉を尽くして讃《たた》えたいのに余裕がないと伝えたげに、高槻はせわしなく両手で咲良の腰をなで回し、少しずつシャツの裾を上へとずり上げていく。

クーラーの冷風が湯上がりの肌に触れたのもつかの間で、すぐ大きく、節のはっきりした男の手により体温がさらに高められていく。

手はいつしか脇まで這《は》い上《あ》がっていて、そのくすぐったさに身をすくませた瞬間、ぐいっと力強くブラジャーごと布地が押し上げられ、服と下着は一気に頭から抜かれた。

「やっ……っ」

大きくもない、だが小ぶりともいえない咲良の乳房がふるん、と揺れる。

誰にも見せたことのない場所を見られる羞恥に腕を持ち上げるが、両手で胸を覆うより早く手首を取られ、耳元で低くささやかれる。

「隠さないで、全部、見せて」

劣情に熟れた男の声は艶っぽく、あらがえない甘さと強さに満ちていた。

唇をわななかせ、相手を盗み見てを繰り返す。

その間、高槻は腕を軽く押さえて居たが、無理に開こうとはせず待っていた。

だけど、その瞳が常にない激しさで輝き、鋭くなっていることに気づいた瞬間、咲良の心臓が強く跳ねた。

求められている、この人に、誰より強く、何より激しく。

そう理解した途端、抵抗するのが無駄なような気がして、どう抗《あらが》ってもこの人にはすべて許してしまいそうな気がして、咲良の腕から力が抜けた。

「いい子だ……」

かすれがちの声でつぶやくが早いか、高槻はこめかみにキスを落とす。

そのまま耳の付け根、耳殻、と唇で形をたどり、耳朶《じだ》まで来た途端、唐突に口に含む。

「あっ……っ、あ、あ」

恥ずかしげもなく吸引音を響かせながら耳朶を吸い、舐《な》め回され、咲良は思わず声を上げる。

途切れ途切れで小さくあったが、初めて上げた快感の喘《あえ》ぎは興奮と期待に満ちていて、それがとても恥ずかしい。なのに止められない。

濡れ音が鼓膜を震わせるに従って身体の熱も上昇し、呼吸も血流も逸《はや》りだす。

努めて冷静さを装おうとしても無駄で、鼓動は胸を轟《とどろ》かし、走る刺激は刻一刻と快感の芽を育てていった。

「感じてる……？」

聞かずとも分かるはずなのに、わざわざ聞かれて唇を噛《か》めば、こら、と小さく叱られて触れるだけのキスを落とす。

「言いたくないなら言わなくていいから、好きなだけ、俺を、感じて」

教え込むように囁《ささや》くが早いか、また深い口づけに溺れさせられる。

今度は最初から激しく、呼吸すら奪うようなキスだった。

たちまちに舌が絡んで、奥まで含まされ、唾液を混ぜるぐちゅぐちゅとした濡れ音を響かされ、咲良はたまらず身悶《みもだ》える。

すると剥《む》き出しの乳房まで震え、もう頭がどうにかなりそうだった。

身体のあちこちが熱く、じっとして居られない。快感とはこういうものなのか。

驚きつつも、自分だけ翻弄されているのが少しだけ悔しく高槻へと手を伸ばし背を撫でれば、ほうっと感じ言った吐息が聞こえ、彼もまた咲良を感じることで悦を得ていると知る。

そうなるともう止まらなくなって、互いに身体をまさぐっては抱き締め合い、口づけしては視線を合わす。

慣れた男女からすれば戯れに等しいやりかただろうが、なにもかもが初めての二人にとっては、小さな身動きや視線の流れすらも貴重で、なにひとつ取りこぼすまいと相手の身体に――反応に溺れていく。

「咲良……」

どこか恍惚《こうこつ》とした響きを伴い名を呼ばれ、その甘美さに息を詰めた時だ。

それまで触れず、ただ身体の動くままに揺れるだけだった乳房に男の手が添わされ、次の瞬間両脇からきつく握り絞められる。

「ンッ」

思わぬ強さに声を上げた途端、ぱっと指が離れ物寂しさが心を締め付ける。

「ごめん、痛かったか」

「ううん。大丈夫」

いつしか熱を持ち潤んだ目で相手を見上げると、彼は安堵《あんど》の色を見せつつ笑う。

「痛いとか、嫌なことはすぐ言えよ。……俺も、初めて、だから」

どこか照れたように言われ、咲良の中でふわりと恋の花が開く。

そんな、まさかと思いながらも、それが嘘でないともわかっていた。

十二年、そんなにも長い間咲良だけを求め続け、探し続けていたのが真実だという確信が、咲良の中の女を満たす。

彼ほどの人なら、恋人がいてもおかしくないと思って居た。結婚していても変ではないと自分に言い聞かせていた。

だけど現実は、咲良が忘れきれずにいたように、彼もまた忘れきれず、どころか追い求めていたのだと知り、それまでの辛さや悲しさが払拭される。

「痛くても、いいし、嫌なんてない。……敬真さんしかあり得ないと思っていたから。初めても、その次も、ずっと」

「煽るな、馬鹿」

真っ赤になって照れつつ、高槻が視線を逸《そ》らしたが、それも長い間ではなかった。

互いの気持ちが同じであると知った故の大胆さで男の手が伸びて、それから試すように乳房を揺らし、先ほどより慎重に、優しく膨らみを包む。

「好きだよ」

囁き、肩に埋めた顔を傾け首筋の肌を吸って言われ、咲良は嬉《うれ》しさに胸を躍らせながら快感に震える。

緩やかに熟し膨らみだした乳房をやわやわと揉《も》み、捏《こ》ねられ、最初はなにも感じなかったはずの場所がたちまちに感じる場所へと変化しだす。

じわりとした快感が熱とともに男が触れた肌から染み入り、身体の芯を疼《うず》かせる。

それはやがてうねりながら身体の中心を走り抜け、へその裏を強く収縮させる。

強い疼きが身体を震えわななかせ、息がたちまちに上がり熱を持つ。

たまらず身をくねらせれば、その反応を良しと受け取った男がますます大胆に胸の膨らみを捏ね絞り、先で色づく乳首ばかりが目立ちだす。

それが恥ずかしくて目を閉じれば、見ろと言いたげに実った果実を摘ままれて。

「ひぁっ、あ……ぁあ、あ」

人差し指と親指で挟み、捏ね、時折、悪戯《いたずら》に尖端《せんたん》を擦られると、たまらない愉悦がそこに凝縮し、同時にうなじの毛が逆立ち、ひりつく。

ほんのわずかな感触にも、身体のあちこちが反応するのに驚き戸惑いつつ、だけどやめてほしいとはまるで思えない。

どころか、もっとと身体が本能のままに跳ねだして、咲良は自分で自分がわからなくなる。

小指から人差し指と順番に乳房に絡みつけられ、きゅっと全体を絞られたあと、手の圧力で勃ち上がらせた乳嘴を親指で擦られると、全身の毛穴が開いたように身体から快感が滲《にじ》みでていくのがたまらない。

どんどん気分が高まって、身体のそこここに微熱が灯《とも》り甘い疼きを呼ぶ。

そんな風に高槻が愛撫《あいぶ》を施すたびに頭の中にいやらしいイメージが蓄積されていき、理性が徐々に失われ、代わりに性への衝動だけが満たされていく。

呼吸が上がり、獣みたいにはあはあと二人で荒い息をこぼし重ねて、それがみっともなく恥ずかしいはずなのにどうしてか止められないし、止めてほしくもない。

とっくに服を脱がされた上半身に高槻が顔を寄せ、喉から鎖骨へと小さくキスを落とすのが見え、なんだかいけないことをしている気がして目を逸らせば、彼の前髪の先が肌を撫でくすぐったさに身が跳ねる。

「んっ、ンンっ……ッ、ッ、くすぐっ、たい、です」

笑いだしたいのとは違う、ただただ肌を走る感触のむずがゆさともどかしい刺激に耐えかね訴えれば、これはどうだといわんばかりに高槻が乳房の付け根に強く吸い付いた。

「あっ……ッ、あぁあ」

ジンとした痺《しび》れが吸われた場所から肉へと響き、腹の奥にたまらない疼きが籠もる。

その反応をよしと取ったのか、高槻は乳房の付け根といわず、脇といわず、咲良の肌の柔らかい部分に吸い付いては、切ない疼痛と紅《あか》い鬱血の痕を残しては満足げに微笑む。

「……綺麗だ。咲良、とても、とても」

自分が残したキスの痕を親指で擦り消えないことを確認すると、まるで子どもみたいな仕草でそこに顔を寄せて頬ずりをする。

弱く敏感な部分の皮膚を男の髪や肌が撫でゆく感触は心地よく、咲良は深い愉悦を吐息にして空に放つ。

ささやかな愛撫に感じいっていられたのも束《つか》の間《ま》で、次の瞬間、男の指が力強く乳房を掴み寄せ、ぐっと尖端を張り出させたかと思うと、そこに唇を寄せた。

「あぁ、あ……ッ」

次になにをされるか察して視線をやれば、まるで見せつけるように高槻が淫靡に笑い、引き締まった唇を開いて口腔の鮮やかな緋色《ひいろ》を見せつける。

ちろり――と、濡れた舌先が見えて息を詰めたと同時だった。

濡れた舌が乳首を包み、一拍遅れて震えるような熱が直接そこから肌へと塗り込められる。

「んんんぁ、あ、ああっ、あ」

異なる感触に戸惑ったのも束の間、それを快と受け取った身体がすぐに反応し咲良の背がソファの座面からわずかに浮く。

そこに素早く手を差し込み抱き寄せながらも、高槻は左右交互に乳首への愛撫を繰り返す。

ちゅぱ、ちゅぽっというういやらしい音が広いリビングに響く。

その音に耳孔を犯されるといやましに気分も高まって、咲良は羞恥に身を震わせ音から逃れようと背を反らす。

けれど背骨の付け根を手の平で抱き寄せられたままそうすると、ますます胸ばかりを高槻の顔に押しつけるような形になってしまう。

柔肉に挟まれ苦しくなったのか、高槻がぷはっと息継ぎながら顔を上げ、次の瞬間大きく口を開いたまま胸の膨らみにかぶりつく。

舌とそこから伝わる熱だけでも感じるのに、そこに歯が肉に沈む甘噛みの感触まで加えられて、もう頭の中がいっぱいいっぱいだ。

押しのけようと彼の短い髪に手指を絡ませてみたものの、先を読んだ高槻から尖端の付け根に軽く歯を当てられて、逆に強く抱き寄せ顔を彼の頭へと埋めてしまう。

洗い立ての髪から爽やかなグリーンノートの香りがして、ああ、高槻先輩の香りだと感じ入っていると、彼も咲良の肌から自分と同じ石鹸《せっけん》の香りがすることに気付いたのか、動作を止めてうっとりと息を吸っていた。

手や指だけでなく、肌が、唇が、その他すべての感覚が互いを求めている。

そうか、これがセックスか。と脳のどこかで理解しつつ彼に抱きつけば、彼もまた咲良を抱き返し、好きだと甘く囁きかける。

私も好きですと伝えたいのに、すっかり呼吸が上がりきっていては声が出づらく、代わりにもっと強く抱きつくと、うん、と高槻が仕草で頷き、咲良の背を優しく撫でる。

だけどそのうち、触れて撫で合うだけではもたなくなって、咲良の手が高槻のうなじにかかったのと同時に彼が上体をわずかに起こし、愛撫を再開する。

背中を撫でていた大きな手が緩やかに腰を滑り、ショートパンツと肌の隙間に射《さ》し込《こ》まれる。

「腰、すっごく細いんだな」

「え」

唐突になにを言うんだろうという気持ちと、平均でしかない自分の身体に対する羞恥がない交ぜとなって心を戸惑わせ、思わず声を上げた時だった。

力強く腰が浮かされ、いつのまにか立っていた膝まで片手でぐいっとショートパンツを下ろされて、そのまま脚から抜き取られてしまう。

「っ、きゃッ……！」

悲鳴を上げた咲良に高槻は目を丸くしたが、すぐに目元を和ませ笑い続けた。

「俺のショートパンツ、片手でこんなに簡単に下ろせるなんて」

「そんな、ことで、実感しないでくださいッ……ッ」

思わず膝を身体に引き寄せ隠そうとするが、両手でぐいと押し割られ、そこに男の身体を割り込ませられてはどうにもならない。

「実感させろ。……どれだけ、必死に、咲良を探してきたか。この手に抱いているのが嘘でないか。もっと知りたいんだ」

言いながら脇から腰まで時間をかけて何度も撫で往復させつつ、高槻が笑う。

「本当、俺、咲良のなにを知っていたんだろうって思う。こうして触ってると、こんなに細くて、柔らかくて、小さくて……誰よりなにより愛《いと》おしいんだって気付くのが嬉しくて」

咲良に聞かせるというより、自分自身に言い聞かせるようにどこか熱っぽい声で言われ、肌がさらに火照り熱を持つ。

もうどこもかしこも朱を帯びていて、人より色白な肌が鮮やかな桜色に染まりきっていた。うなじから胸へとキスを散らす一方で、高槻は手を押しつけ、その滑らかな隆起と柔らかさを知るように腹を撫でていたが、心地よさに咲良が息を詰めたのを切っ掛けに手をショーツの中へ忍び込ませた。

布がある分、他よりしっとりと汗ばんでいたそこをなぞられることは恥ずかしくもあったが、それより、彼に触れられたい、そして自分も触れたいという欲求のほうが強かった。

男のしっかりとした肩に、うなじに、喉の肌からくっきりと浮き上がる線へと指を辿《たど》らせれば、呼応するように高槻の指もへそから湿りだした恥丘へと至り、戯れに茂みを揺らしながら脚の間へと進んでいく。

割れ目の始まる部分辺りまで指をやられ息を詰めれば、それに遭わせて軽く場所を飛び、今度は尻のほうから痴裂へと人差し指が移動する。

肝心な部分を避けられたからか、期待を裏切る指の動きに呼応してひくんと自分の媚唇がわななくのを感じた。

「あっ、や……ッ、ん」

ねだるような動きをした自分が信じられなくて声を上げると、思わせぶりに指先でとんとんとその場所の周囲を弾かれ、咲良は羞恥で身震いしてしまう。

「そんな可愛い声で、やだとか言われても、聞けない」

とん、ととん、とん、と言葉ごとに節をつけて恥丘の割れ目を弾かれ身を跳ねさせれば、もっと強く弾かれ、鼓動が逸る。

だけどそれも長くなく、咲良の初々しい痴態にそそられた高槻が、ごくりと喉仏を上下させつばを呑《の》んだ後、耳元にキスしつつ囁いた。

「触れても、いいか」

「……うん」

「その〝うん〟って言い方、反則」

はっ、と鋭く息を散らし、高槻が割れ目にあてた指に力を込め出す。

誰にも触れさせたことのない秘処が男の指で割られ、空気にさらされていく。

その未知の感覚に喉を反らすと、逃げるなといいたげに耳朶に噛みつかれ、二カ所からの刺激に声が上がる。

「あっ、あ……、ああ、あ」

初めての咲良を気遣っているのか、それとも自分の手で処女を散らすことへの惜しみなのか、気が遠くなるほどじわじわと秘裂が拓《ひら》かれていくのが息苦しい。

はくはくと息を継いでその瞬間を想像し身を硬くしていたが、鍛えてもいない身体ではそう長くは持たず、咲良がだるさに力を抜いた瞬間だった。

ぐっと指が一気に進んで男を迎え入れる場所を守る花弁を割り、先だけがわずかに中へ入る。

「……濡れてる」

「え」

汗にしてはやけにぬるつくな、と思っていたものが愛液だったと気づき、顔を真っ赤にしていると、彼はまだ出始めの蜜を指先で掬っては薄い肉の花弁へ塗りつけ教える。

「ん、あ……ッ、は……ぁぁ……ぁッ、あ」

繰り返されるごとにぬめりはどんどん酷《ひど》くなり、ついには震える身体から絞るように淫蜜がたらりと滴りだす。

最初は音すらなかった場所から、くちゅくちゅと、わずかに——間を置かずしてはっきりと、濡れ音が聞こえるのがいやらしい。

たまらず身震いすると、大丈夫だという風に額にキスを落とされ、そのまままぶた、鼻先、唇と来て、薄く開いた口から男の舌が中へ入り込む。

また舌が絡む。けれど最初のようなためらいはもうなく、大胆に、そして果敢かつ的確に高槻は咲良の口腔を舐め回し、感じる場所は特に執拗《しつよう》に舌先で攻めだす。

同時に秘筒の入口を探っていた指の動きも大胆になって、唾液とも淫汁ともつかない濡れ音がぐちゅぐちゅと恥ずかしげもなく響きだす。

それに従い曖昧だった快感がよりくっきりと輪郭を持ちだし、咲良の中で大きなうねりとなって身を急《せ》かす。

もっと、もっと知りたい。彼の欲求を、他の人には見せたことのない衝動や姿を。

同時に知らずさらけ出す。誰にも告げたことのない秘めやかな欲求と衝動を伴う痴態を高槻だけに。

他の人にはとても見せられない。他の人には絶対に見せてほしくない互いの姿に感じあう。

身をくねらせ、声を上げ、愉悦の吐息をこぼしては、鋭い快感に息を呑む。

感じ方が深まるにつれ、理性と羞恥が薄れていき、代わりに男の指が触れる場所が強く疼く。

「ああ……ぁ、あ、んん、あ」

もう抑えることが出来ないほど女の声が跳ね響き、その度に男の愛撫は勢いを増す。

蜜口を浅く辿っていただけの指は力強さと深さを増して秘裂を抉《えぐ》り、勢いあまって上部にある尖《とが》りを弾く。

「っ、ンッ、あっ！」

一際大きな声を上げたが早いか、その部分が、男の親指に捕らえられる。

そうして埋もれる淫核を掘り起こすようにしてコリコリと刺激される。

胸の先を弄《いじ》られた時より鋭い愉悦が腹奥を穿《うが》つ。

たまらず咲良が身をのたうたすと、逃げるなと言いたげにさらなる愛撫を重ねられる。

「んっ、ひ……、あ」

一度でもたまらないほど刺激が強いのに、高槻は夢中になって咲良の媚芯に卑猥《ひわい》な振動を与え続ける。

女の身体の中でも一番神経が凝っている場所を攻められてはたまらない。

快感はいやましに募り、同時に、身体の奥から甘酸っぱい雌の匂いがする蜜が絶え間なく滴る。

下着はもうどうしようもないほど濡れていて、高槻の手に張り付いてはよじれ、股関節の変な部分に食い込んで擦れる。その有様にさえ感じ入り息を漏らし、でも、止めることももうできない。

いつしかするりと入り込んだ男の人差し指が、試すように入口をなぞるのに身震いし、中の感触を試すように前後に動くのに声と愛蜜を漏らす。

「ッ、は……」

咲良の内部の柔らかさと熱を感じ、ついに制御しきれなくなったのか、高槻が初めて艶声を漏らした。

そのことにゾクゾクするほどの愉悦を感じ、女の部分がもっともっととねだりだす。

自分の乱れようもひどいが、高槻もいつもよりかなり乱れていて、前髪はもう完全に額におちかかっている。

汗が浮いた部分にTシャツが張り付きうっすらと筋肉が見えるのが色っぽい。

触れる肌から伝わる筋肉の動きも魅惑的で、もっとと指に力を込めれば相手も、咲良を穿つ指を奥へと進める。

いけないことのはずなのに、触れ合う部分から伝わる熱や感触が心地よくてたまらない。

自分の身体に夢中になって、この男が乱れていくのに心惹《ひ》かれる。

もっと乱れた姿を見せてほしくなって、咲良は初めて自分の意思で腰を揺らす。

指で蜜窟の粘膜を擦られる感覚は扇情的で、目眩《めまい》がするほどの高揚感が次々に咲良を襲い溺れさす。

高槻は咲良を抱く腕に力を込めはしても、決して内部を激しく荒らしたりはしなかった。

時折なにかに耐えるように息を詰め、それでも根気強く咲良の耳殻や唇に触れるだけのキスをしつつ、中をゆっくりと指で探る。

だから咲良も安心して身を委ねられていたのだが、内部にある一点に触れられた途端、電流に打たれたような快感が走り、大げさなほど腰が跳ねて脚がぎゅうと寄る。

いつしか潤んだ目を見開き高槻を見上げれば、彼は眉間をきつく寄せた顔で艶にまみれた息を吐く。

「っ、……たまんないな、その反応も、中の感触も」

切れ切れの台詞が、彼もまた切羽詰まりだしていることを伝えていた。

「ここ、だろ？」

確認するように、先ほどと同じ場所を、襞《ひだ》が充溢《じゅういつ》して赤く膨らみ盛り上がる場所を撫でられ、たまらず咲良は嬌声《きょうせい》を上げる。

「アアッ……ッ、ぁ」

声と同時に肉体も一瞬で変化し、燃えた。

触れられることで火がついた内部は、もう一度とねだる動きで高槻の指にぴたりと寄り添い、淫らな動きでしゃぶりあげだす。

雄を中へ引き込もうとする襞の動きは雌に備わる本能的なもののようだったが、あまりに淫らな動きと感覚すぎる。

恥ずかしがって身を捩《よじ》りこらえようとすればするほど、奥へ誘うように隘路《あいろ》が男の指を締めだすのをどうにもできない。

「やっ、やだっ……ッ、恥かし、っ」

「大丈夫だ。俺しか見てない。……いや、俺以外には見せてやらない」

思わぬところで彼の独占欲を知り、心がわずかに躍ったが、それより羞恥が強く咲良はまともに高槻の顔を見ていられない。

たまらず両手で顔を隠せば、それならいいと言う風に乳房に吸い付かれ、だけど防げない。

「ひぁっ……ッ、あ！」

膣内と陰核、それに乳輪から乳嘴と、感じた場所のすべてを一気に攻められ、咲良は必死になって高槻にしがみつき、肩に顔を埋め、ただひたすらに、皺《しわ》が張り詰めるほど彼のＴシャツを掴んで引き寄せ抱きつく。

それがどれだけ男の独占欲を煽るのか、劣情を燃え立たすのかなんてわからない。

「咲良ッ」

鋭い声で名を呼ばれたと同時に愛撫の手も激しくなって、もう、頭の中も秘処もぐちゃぐちゃのどろどろとなって溶けていく。

濡れ音も気にならないほど、高槻の指に踊らされ、鳴かされ、感じさせられる。

思いっきり背筋を仰《の》け反《ぞ》らせた途端、高槻の指先が子宮の入り口をかすめ、こらえていた快感の堰《せき》が切れて絶頂がほとばしった。

「あああっ……あ、ああっ……あ」

男の指を咥《くわ》え込んだ媚肉が淫らに激しく痙攣《けいれん》する。

それは高槻に吐精の瞬間を想像させるのに十分な卑猥さだったようで、彼も息を詰めたまま咲良をきつく掻き抱《いだ》く。

そうしてどれほど経《た》っただろうか。

お互いの呼吸が少し落ち着いた途端、高槻が身を浮かし深呼吸する。

これで終わりにされるのかと思うとなんだか切なくて、握ったままのTシャツから指を外せないままでいると、彼は天井を見てふーっと大きく息を吐いた後で咲良の頭を軽く二度叩《たた》く。

まだどこかぼんやりとしつつ顔をあげると、目元に朱を刷いた顔で高槻が苦笑して告げた。

「ベッドに運んでもいいか？　初めてがソファではあんまりすぎる」

それを気遣ったのだと理解し、自分の誤解を恥じ入っていると、焦れた高槻が返事も待たずに咲良を抱き上げそのまま驚くほどの大股でリビングを過って、寝室のドアを蹴り開ける。

少し大きな音にびっくりしていると、それまでの荒い動きが嘘のように丁寧にベッドの上へ降ろされて、咲良はほっとする。

「安心するの、まだ早いんだけど」

言うなり、高槻は咲良に掴まれしわくちゃになったTシャツを脱ぎ捨て、自らも上半身の肌を晒《さら》す。

下から現れたのは適度に鍛えられた筋肉がついた胸板に腕、張り詰めた腹斜筋《ふくしゃきん》で見事に引き締まった腰。

とくに脇から腰骨へ至るラインは素晴らしく、そういえばこの人は陸上で棒高跳びをやっていたんだと遠い記憶が頭を過る。

それにしても逞《たくま》しく、そして美しい。まるで名工が削り上げた彫刻が息吹を伴い動きだしたかのように、どこからどこまで完璧で無駄なものがなにひとつない。

感嘆の溜息すらこぼし見蕩れていると、そんな咲良の視線に気付いているかいないのか、高槻はTシャツを脱ぎ捨てたのと同じ荒っぽさで自身のショートパンツを下着もろとも下ろして蹴り捨てる。

「きゃっッ……！」

ぶるん、と音がしそうなほど硬く大きく勃ち上がった雄を目の当たりにして、思わず小さく悲鳴をあげ咲良は目を覆う。

（あ、あんなに大きいだなんて、上を向いてるだなんて！）

驚愕《きょうがく》のあまりなにを考えればいいのかもわからない。

ただ、頭の中に今目の当たりにしたばかりの男根が嫌になるほどくっきりと浮かんでしまい、それが咲良の混乱に拍車を掛ける。

すごく、いやかなり立派なモノだった。

医学部図書館という仕事柄、そういう絵図が表紙となっている医学書を借りにくる医師や学生はいるし、時には若い研修医がなんの罰ゲームか咲良への嫌がらせか、ニヤニヤ笑いながら貸し出し希望を出してくるが、いつだって、普段以上に冷静に表情一つ変えず対応できていた。

だけど実物はまるで違う。

大きく張り出した尖端、根元からぐっと張り出し浮き出る血管が脈打つ竿《さお》が、へそを打ちそうなほど昂ぶって天を刺す様は刺激が強すぎて、とてもまともには見られない。

「なんつう可愛い反応するんだよ。暴発させたいのか」

どこか拗《す》ねたように言われても、恥ずかしさはどうにもできない。

「だって、だって、そんな大《お》っきくて御立派で、びくびく動くなんてっ、全然っ、知らなくて、ええと、その、だから、隠してッ！　ください！」

「隠してできるか。……というか、ごちゃごちゃ言わずに、咲良も脱げっ！」

言うなりベッドに飛び上がってきて、緩く膝を立てた咲良の腰に両手を這《は》わせ、あっというまにショーツを脚から抜き取り、遠くへ放り投げる。

「ッ……ッ！」

見えなくても感覚だけでそれを理解した咲良が声にならない悲鳴をあげていると、瞬く間に膝を割られ身体を入り込ませ、まるで肉食獣が獲物を抑え食べようとするかのように、四つん這《ば》いとなって高槻が額に額をぶつけてくる。

「顔、隠すな」

「だって」

「俺だって恥ずかしい。一応。……でも、ちゃんと互いの顔を見て、キスしながらしたい」

どこか怒った風な口調ながらも、その声音は甘すぎて、咲良はときめきつつそろそろと手を目から離す。

と、また額を当てられ真《ま》っ直《す》ぐに見つめられる。

「こうすれば見えないだろ。だから、……挿《い》れても大丈夫か」

わずかに掠《かす》れ、上がった声で言われ、咲良は思うより彼に余裕がないことを、咲良を激しく求め飢えていることを察する。

「……うん。挿れて、ください？」

どう頼むのが正しいのかわからず言えば、相手が息を詰めて苦しげな表情で頭を振る。

「本当に、どこまで俺を煽れば気がすむのだか」

言いながら、片手をベッドサイドに伸ばし探り、取り出した避妊具のパッケージを口で破り、己にあてがう。

「好きな女に煽られるのが、こんなに苦しくて嬉しいだなんて知らなかった」

それは骨抜きになるな、恋人に。とさりげなく二人の関係がちゃんとしたものであることを告げながら、高槻はまだ濡れてぬるぬるとする咲良の秘裂に己の雄を当てる。

「挿れるぞ」

はっ、と鋭く息を吐いて高槻が腰をじわりと進める。

最初はゴムの感覚だけだったそこに、熱く硬いものが当たるのを感じ息を詰めていると、力を抜けと言いたげに高槻がキスを仕掛けて、咲良の唇を甘噛みする。

「んっ……ッ、む、ふ、ぅ……ッ、ぁ……はぁっ、んん」

三度目ともなれば要領を掴んだのか、先ほどより速やかに舌を差し入れ、絡ませ、だけでなく上顎のざらりとした部分を力強く舐めては咲良を感じさせながら、高槻が静かに腰を進めだす。

硬く充溢し、滑らかに張り出した亀頭が、隘路の口を拡《ひろ》げきる。

いっぱいいっぱいな大きさと熱に、身体が、期待と不安にわなないた。

咲良は顎を引き、シーツを掴み、痛みに備えて目を閉じる。

だがそこで動きが止められ、詰めていた息を吐くと高槻が優しく微笑みながら、咲良の手と手を合わせる。

腕を上げた姿勢で相手と両手を繋《つな》ぎ合い、きつく互いの指を絡める。

するとそこから快感以外のものが、愛おしさが滲んで染みて、心と身体から強ばりが抜けていく。

まっすぐな眼差《まなざ》しで互いを見つめ、好きだと感じ合った瞬間、熱杭が淫唇を拡げ内部にめり込んだ。

「は……ぁ、んンっ……ッ」

きつい、それが最初の感想だった。

狭くて未開の内部は指には慣れていたが、それ以上の異物にはまったく慣れておらず、驚くほどの強さで締め上げる。

「きっ、つ……」

顎を上げながら高槻がうわごとのように呻《うめ》き、は、と息をこぼしてわずかに腰を退く。だけどそれも一瞬で、次の瞬間より深く穿たれきつさがひろがる。

「んんンゥっ……」

きつさを堪え唇を引き結べば、代わりに喉ごと背が弓なりに反って胸が男の胸板に押しつけられる。

中から感じた刺すような痛みで、自分がもう処女でなくなったのだと理解した瞬間、なぜだかわからない涙がこぼれる。

「ごめん、痛くして。……でも、もうすぐ」

言うと、またじわりと腰を進められ、指で感じた場所に亀頭の張り出した部分が当たり削られる。

「っ、あっ……！」

籠もった悲鳴が嬌声に変わった瞬間、高槻の眼差しが堪えるものから追う獣のものへと変化する。

まなじりが上がり、真剣な表情の中に瞳が輝き、はっとするほどの迫力と美しさを見せながら、律動的に腰を前後させだす。

すると内部にあるいい場所が断続的に刺激され、痛みを凌駕《りょうが》する愉悦がすべてを押し流す。

内部の変化はもっと露骨で、自分を害するものではなく快するものだと理解した肉体はたちまちにほぐれ、一度目の絶頂に味を占めたとでも言わんばかりに内部の襞を、柔らかく、そして敏感なものへと変える。

「すご……、い。熱くて、柔らかくて……うねうねしてる」

絶え間なく腰を動かし、咲良を喘ぎ感じさせつつ高槻が恍惚と呟《つぶや》く。

その様に女として満たされ、誇らしささえ覚えながら咲良は繋ぐ手の力を強め、求めた。

内部から苦しいほど圧迫されているのに、なぜか多幸感ばかりが膨らむ。

ひりついていた破瓜《はか》の痛みはもうなく、ただただ重く甘苦しい衝撃が奥処を焼いている。

(ああ、すごく幸せだ)

思ったのか呟いたのか、あるいは高槻が言うのを聞いたのかさえもわからないほど、愉悦の中に溺れ浸り、咲良はうっとりと目を細め男が刻むリズムに身体を委ねる。

「敬真さんが、好き。すごく、すごく大好き」

愛してるというにはまだ気恥ずかしくて、でも幸せなことを、貴方《あなた》でよかったと伝えたくて繰り返せば、咲良を感じさせることに集中していた高槻が一番奥で腰を止める。

「俺も、すごく咲良を好きで愛してる」

なんのてらいもなく彼らしい真っ直ぐな純粋さで言われ、かなわないなあと思って居ると、高槻が腰を振るのではなく、結合部にだけ重心を加えてきた。

「あっ、あ……、奥処、に」

「うん。咲良の中に……子宮に、俺のがキスしてる」

いいながら、悪戯っぽく咲良の唇に軽いキスを落とすが、咲良のほうはそれどころではない。子宮口にじっとりと圧を加えられ、ついうろたえ、声を上げ高槻の言葉を繰り返す。

「敬真さんが、中に、いる、っ……ぁ、ああ、それ、だめぇ」

ぐうっと腰の力と重さで持ち上げるようにして子宮口をくじられた途端、中から果汁を搾るように淫汁が溢れだし、同時に痺れるほどの悦が心も身体も感じさせる。

腹の奥にある子宮がまるで第二の心臓みたいに脈動して、そのたびに疼痛が生まれては弾け、だんだんと絶頂への水位が増してくる。

焦れるような感覚に頭を振りたくり、繋いだ男の手の甲に爪をたてて艶声を放ったのを切っ掛けに、蠢《うごめ》く中の動きを愉《たの》しみ、緩やかな愛撫を加えていた高槻が短く喘いで告げた。

「ごめん、激しく、する」

して、もっと、強く、激しく奪って。なにもかもわからなくしてしまって。貴方以外。

そう瞳で訴えてうなずけば、高槻は抜けるほど屹立《きつりつ》を大きく引いては、鋭い早さで奥を穿つ。

「んあ、あ、ああ、……あうっ！」

敏感な部分を次々に刺激され、含むものが膣壁をぐいぐい押し上げながら、蜜口の襞から蜜底まで、まんべんなく男根で蹂躙《じゅうりん》し穿つ。

間断なく快楽で攻め立てられるごとに、全身の肉が、甘く切ない悲鳴を漏らし痙攣しだす。

突き上げられる衝撃は強く、体の中央から脳天までを甘く淫靡に貫いては、やるせない震えとなって全身を縛る。

「んなぁ……ああ、あっ！」

空気ごと媚肉を攪拌《かくはん》する、ぐぷっ、ぐぽっ、という卑猥な音に合わせ、咲良は発情した猫みたいな声を出し啼《な》いた。

小柄な女の肉体は、抽挿されるままに男の腕の中で跳ねくねり、愛撫を堪える指先が男の肌にきつく食い込む。

皮膚に爪を立てられ、痛みを感じているはずなのに、高槻の動きはまるで止まらず、突いては引いてを繰り返し、徐々に咲良を絶頂へと、先ほどより深く高い場所へと追い上げる。

「あっ、あ……ああ、やあッ、駄目ぇっ……おかしく、なるぅ」

「いいよ。俺ももう、おかしくなっている」

二人して同じ所まで昇り詰めよう、あるいは堕《お》ちようと誘う甘美な言葉に、もう理性も自我も耐えきれなかった。

獣のようにガツガツと腰を振られ、最奥地を激しく貫かれ、身も世もないほど悶え、わめいた。

急く鼓動に合わせて男の抽挿は速度を上げ、どんどんと咲良を限界に追い詰める。

唇を重ね、舌どころか恥毛まで絡め、隙もないほど身体を重ね、獣のように番《つが》い合うことだけに夢中になる。

互いの肌が打たれる破裂音と、粘つく濡れ音が絶え間なく響き、快感を知った膣がいやらしくくねる。

膨らむ尖端やくびれ、太さを増し血管を脈打たす竿。それらに執拗に絡み、蠕動《ぜんどう》しながら蜜襞が吐精を促す。

「ッ……、く」

艶声で高槻が呻いた同時に子宮口に強く圧を加えられ、咲良は心臓を鷲掴《わしづか》みにされたような衝撃と、圧倒的な愉悦を感じ、身を大きく反らし声を放つ。

「あぁ……ッ！」

絶頂に身悶え震えるのと同時に、奥処へ奥処へと肉竿を咥えた蜜襞が激しく収縮し、したたかに舐めしゃぶる。

淫らな痙攣に耐えかねた高槻が、逞しい腰をぶるっと大きく震わせて最後の追い込みをかける。

泡立ち、白濁した蜜をそこらにまき散らし、猛《たけ》り暴れる野獣の動きで腰を振りたくり、屹立の先と子宮口を限界まで密着させようとする。

二度、三度と絶頂に震え、穿つものをきつく締め付け、まだ終わりなく達す。

喘ぐ声さえかすれ、なにもかもわからなくなり、意識が失われようとした時、身の内を犯す高槻の肉槍が、ぶるりと猛々《たけだけ》しく跳ねた。

絡む淫襞を押しひしぎ、充溢し熟れきった先で子宮の入り口をきつく圧迫したのも束の間、次の瞬間、下腹にこもっていた最後の愉悦が爆発した。

膣内で激しくのたうつものが、びゅくびゅく震えながら吐精した。

十二年分の思いだと言わんばかりに吐き出される白濁の勢いは強く、咲良は満たされる幸福を覚えながら幸せのままに意識を手放した。

5. 眩《まぶ》しい朝と甘い日々の始まりに

朝の透き通る日差しをまぶた越しに感じながら、咲良はまどろむ。

（なんだろう。すごく温かくて安心できるなにかに包まれている）

布団のような気もしたけれど、それより硬くてしっとり肌に重なっていて、少し重い。でも苦しくない。

不思議に思いつつうとうとしていると、わずかな布ずれの音がしてその温《ぬく》もりの主が離れる気配がする。

（あ、行かないで）

もう二度と離れてはいけないと口にした途端、額、それから唇に優しく触れるものがある。

——離れない。絶対に。もう二度と。

確固とした意志を感じさせる力強い声に約束され、またまどろみの中をたゆたっていると、今度はすごくいい匂いがしてきた。

コンソメとコーヒーが混じった香りだ。

あ、朝ごはんの匂いだと思っていると、匂いに釣られて腹が鳴り、同時に周囲の物音もはっきりと聞こえだす。

（ん？　物音……物音？）

自分は一人暮らしだったはずだと考えた瞬間、頭の中にその部屋が荒らされ、高槻の家で過ごすことになったのを思い出し、咲良は飛び起きる。

ぐらんと視界が揺れて、鈍い頭痛の後、徐々に周囲の景色がはっきりしてくる。

ベッドとサイドテーブル以外なにもない、がらんとした——寝にくるだけのような部屋と、ブラインド越しに入ってくる朝——というより、昼近い太陽の日差し。

そして一糸まとわない自分の身体。

「わっ」

思わず声を上げて胸を隠す、途端、腰の方から襲いかかる鈍い痛み。

なにより、身体の芯に響くわずかな違和感。

それで昨日あったことを記憶から呼び覚ました咲良は、掛けてあった毛布を胸まで引き上げて顔を朱に染める。

（したんだ）

まだ身体のあちこちに残る鬱血の痕をちらりと見て、あわてて視線を逸らし、また見るということを三度繰り返し、自分を包んでいた安心できるなにかが高槻だったことを、毛布ではなく彼の素肌だったことに気づき、ますます顔に血が上る。

やってしまった。あんなことやそんなことを、高槻と。

記憶を辿れば辿るほど恥ずかしい。だけど不思議と後悔はない。

どころか、空き巣に遭ったことによる不安や怯《おび》えは取り除かれて、心から満たされた幸せと安堵、そして行為に対する恥ずかしさだけがあった。

「どうしよう、どんな表情をして顔を合わせればいいのか……」

呟いて、両手で顔を覆えば、頬が熱を出したように火照っていて、そんなことにさえどぎまぎしてしまう。

「普通でいいんじゃないか？」

「ひゃっ」

唐突に声を掛けられ、小さな悲鳴を口から出しつつ毛布を引き上げれば、寝室のドアの所にいた高槻が笑いながらベッドに腰掛ける。

「おはよう」

白いシャツにデニムというごく普通の格好が、彼の爽やかな容貌と身長の高さを引き立てて、すごく格好いい。

思わず見蕩れていた咲良は、じっと見つめられていることに気付いてあわてて挨拶する。

「おっ、おはよう……ございます」

顔の下半分まで毛布で隠しつつ上目使いで言えば、高槻が満面の笑みを見せながらわしゃわしゃと咲良の頭を掻《か》き回す。

それから一拍置いて額から頬まで指先を滑らせ、手で顔を包み込み、触れるだけのキスをする。

「ちょうど、朝ごはんができたから起こそうと思ったんだ」

「ありがとう、ございます」

さりげなく甘いキスをされて、ドキドキが高まって仕方がない。

つっかえながら御礼を言うと、高槻がふと気付いたように口にした。

「一応、清拭《せいしき》しておいたけれど、シャワー浴びて落ち着いてくるか」

「せっ、清拭!?」

予想外のことに声が裏返ってしまう。

(道理で気持ち良く眠れた……っていうか、身体を拭かれてるのに眠りこけるなんて！)

高槻にどう思われたのか気になって仕方がない。だけど、聞こうにも言葉がでない。

こんな時にさらりと尋ねる台詞一つでてこないことにがっかりしていると、違う意味に捉えたのか、高槻が付け加える。

「心配しなくても、俺、研修医の時に清拭が上手《うま》いって褒められたぐらいだから」

そうですか、と答えようとした瞬間、頭の中に高槻が見知らぬ女性の背中を拭いている姿が頭に浮かび、なんだかもやっとしてしまう。

すると表情から咲良の考えを読んだのか、高槻がニヤッと口端を上げつつ続けた。

「七十、八十のじーさん、ばーさん達からだけど。ヘルパーさんより上手だって大人気」

咲良のわずかな嫉妬さえ愛おしいと言いたげな眼差しに安堵して、ついこぼす。

「高槻先輩、お年寄りだけでなく子どもにも人気ありそうですよね」

実際、高校時代は後輩の面倒見もよかったし。と感心しつつ言うと、彼は、いや、と苦笑を見せて頭を振る。

「人気ったって、多分親戚の兄ちゃんとかと同列に思われてるんじゃないかな。小児科の奴《やつ》みたいに、甘やかす時は甘やかして、言うときはバシッと決めるってできないで、甘やかす一方だしな」

子どもやお年寄りに囲まれ大人気な所を想像して、くすっと笑えば、高槻がふと安堵の息を落とす。

「身体の具合は悪くなさそうでよかった。ちょっと……いや、かなり無茶させた気がしてたから」

急に昨晩の行為に話が戻って、咲良は再び赤面する。

大丈夫だけど、大丈夫じゃない。

身体のあちこちはきしむし、まだ中に高槻がいるような違和感もあるし、なにより、感情が大きく揺さぶられ、ときめきっぱなしでどうにかなりそうだ。

これは、やはり高槻が言うようにシャワーを浴びて、少し頭を冷やさないともたない。そう思った咲良は、ベッド横に高槻が用意してくれていた着替えなどからバスタオルを取り、身体に巻き付けるが早いか、そそくさとバスルームへ逃げ込んだ。

その日の朝ごはんは、キャベツと人参《にんじん》のコンソメスープに、程よく焼いたマフィンの上にカリカリベーコンとポーチドエッグを載せたエッグベネディクトだった。

野菜が少ないけど、と言いつつコーヒーを渡されたが、見た目も味も抜群で、ひょっとして高槻は医師ではなく調理師なんじゃないかと思ったほどだ。

平日は激務でろくに食べられない分、作れる時は極力自分で料理するようにしているらしく、夕食は好きに使っていいからといって見せられた冷蔵庫の中は、野菜や卵などがきちんと整理されていて、冷凍庫にはきちんと分けられたお肉や、朝忙しい時用のおにぎりなんかも入っていた。

夕方近くになってから高槻は仕事に出てしまったが、その前に咲良用の合鍵とマンションに入っているジムのカードキー、それと、学生時代に好きだった本を五冊とチョコレートまで用意していく完璧ぶり。

高槻自身は電子書籍派らしいが、咲良が退屈しないようにとネットで注文してくれたようだ。

「その日のうちに届くとか、便利すぎだよな」なんて軽く流していたが、なにからなにまで至れり尽くせりの状況にもう、恐縮してしまう。

最初こそ、一人の留守番にどうしようと戸惑ったが、時折入る高槻からのメッセージに加え、やはり本が用意されていたからか、コーヒーを飲んで一日読書に費やしたら、あっというまに日が終わってしまった。

開けて翌日。

少しだけ抜けてきた、という高槻と一緒に朝ごはんを食べて、そのまま二人で歩いて出勤。

誰かに見つかったら冷やかされるかと思い、俯《うつむ》きがちの咲良に反して、高槻は周囲に見せつけたいのか、それとも、過去に咲良が消えたことがまだ心にあるのか、ごく自然に手を繋がれたあとは、病院の敷地に入るまでずっと指を絡めっぱなしで離してはくれなかった。

幸い、その日も、次の日も知り合いと言える知り合いには会わなかったが、三日目に救急の若い医師に見つかり、おっ、と目を大きくされた。

そして木曜日。

(なんだか、気恥ずかしいな)

頼まれた本を棚から探し、配達用のトートバッグに入れつつ咲良は思う。

他大学から来たイケメン救急医が、学内の女性職員と付き合っているという噂《うわさ》が静かに流れだしていて、心なしか、いつもより咲良への視線を感じる。

だが批判的というより、おっ、この女性か。という感じで、それが逆に申し訳ない。あんな素敵な、男性としても恋人としても理想的な人の相手が、ごく平凡な自分でごめんなさい。となってしまう。

いつも以上に表情を真面目に引き締めてみたものの、前を向くのはやっぱり恥ずかしくて、やや俯きがちになってしまうのも、それで少し肩こりがするのも、もう仕方がない。

（でも、今日頑張れば、明日から三連休だから）

高槻の公休日に合わせて、家具や日用品を買いに行こうという話になり、有休を申請したのだ。あまりにも直前すぎるから注意されるかなと思ったが、申請した月曜日に、即日許可が下りた。と言うのも、他に若く働ける職員がいないということで、咲良の有休は余りまくっており、労務管理部から、休暇を取るようにと通達まで来ていたからだ。

最後の一冊をトートバッグに入れつつ、咲良は自分に気合いを入れる。

頑張ろう。そして前を向こう。あの高槻の恋人がこんなのか。だなんて思われたくない。それに、真面目に働かなければ、咲良以上に激務で命の現場にいる高槻に顔を合わせられない。

業務ボードの自分の欄に、配達のプレートを置いて、咲良は図書館から廊下に出る。

窓から外を見ると、夏だからか閉館時間も近いというのにまだ外は明るく、ようやく日差しが和らいできているという感じだ。

診療時間は終わっているため、家路につく患者の姿もちらほら見えて、時折、その中に学生か研修医らしき白衣の若者が、病院内にいるコンビニに駆け込む姿が見られる。

(もう夕方なのに、これからも診療対応とか勉強会とかあるんだろうなあ。大変だ)

そんなことを思いながら歩く。

学外への配達でないため、ずっと廊下を歩いていけるので医局周りの配達は楽だ。

整形外科や消化器外科といった外科系の医局から順番に回り、内科の医局へ移動するとちょうど図書館のある五階から地上へ下りるようになっていく。

そして脳神経外科を回ると、あとは——救急診療部の医局だ。

ほとんど誰もいない待合室で、意味もなく咳払《せきばら》いをしてトートバッグを肩に掛け直す。

配達した本の代わりに回収した返却本が入っているため、さほど重さは変わってない。

(いままでも鬼門だったけど、いままで以上に勇気がいるかも)

というのも、他の診療科に比べてダントツに返却遅延の本が沢山あるのだ。

忙しい故に読めてない、とか、返却されそうになると救急車が来て。となることが多いからだ。その上、今は恋人となった高槻もいる。

(昨日見られちゃったし、冷やかされる、かも)

勤務に余裕があっても、なくても、咲良にとってはあまりありがたくない医局である。

(でも、敬真さんを見られるのは、ちょっと、ううん。かなり嬉しいかも)

というのも日曜日に夜勤だった高槻は月曜、火曜と日勤で一緒にいられたが、ここ二日は勤務が真逆の夜勤となってすれ違いが続いているからだ。

もちろん、その間、休憩など時間に余裕があればまめに連絡をくれるし、以前と違って、知らない誰かのところではなく、病院──勤務先に居るとわかっているので、あまり不安はない。

高槻の家での生活にも慣れてきたのもあり、前のように思い悩むことはないのだが。やはり、好きな人の顔を見られないのは寂しい。

(寂しい、なんて、あんまり感じたことのない感情だったけど)

ずっとおひとり様で生きていくのだろうと思っていたので、寂しいとか、会いたいと思う感情自体が新鮮で、少し鼓動が上がる。

「でも、早く片付けて閉館作業を手伝わなきゃ」

この配達が終われば、今日の仕事も終わりだと自分に言い聞かせた咲良は、意を決して救急診療部のエリアに足を踏み入れる。

緊急性が高い患者しか来ないこともあり、救急診療部の医局は救急車が着いてすぐ運ばれる初療室の隣にある。

今日はさほど患者が多くないのか辺りは静かで、泣いたり、おろおろと待つ患者の家族の姿もなく、ただ、外来の締切時間に間に合わなかった通院患者が、二十四時間対応をしている救急会計で支払おうと、計算を待っている姿がちらほらあるだけだった。

「……失礼します」

なるだけ目立たないように、いつもより小さい声で呟き入れれば、途端、デスクの方で焦げ茶色をした髪の頭が跳ね上がる。

高槻だ。

彼はダークグレーのスクラブに白衣という、いつも通りのスタイルでいたが、昨日から勤務が続いているとあってか、少しだけ白衣の裾のほうがくたびれている。

とはいえ、本人は相変わらずきりっとしていて、咲良のほうへ来る歩みも颯爽《さっそう》としていたが。

「さくら……ば、さん。配達ですか」

咲良、と呼びかけた途中で、名字の桜庭と言い直した高槻は、腰の後ろで両手を組み、高い長身を少し曲げ、のぞき込むようにして笑う。

「えっと、三冊、お届けで、返却が七冊なのですが」

いずれも期限切れです。と付け加えようとした途端、ドアの脇にある無人のデスクの上を指される。

「こちらで大丈夫ですか」

医師らしく、改まった口調がなんだか新鮮で変にドキドキしている中、まったく動じてない様子の高槻に言われ、はっとする。

「ええと、はい、そうですね。じゃあ、ここにサインを……」

手持ちのリストと本のタイトルを確認し、書類を高槻に渡してトートバッグを開くや否や、彼が口を開く。

「重いから、運んであげましょうか」

「ええっ！　いや、えと、もっと重い時もあったし……。えー、あー」

思わぬタイミングで二人で話せることに対する喜びと、咲良の声に驚いた医師や看護師が、入口にいるのが高槻とその彼女だと気付いて笑うのに対する照れとで、言葉に迷う。

ためらっていると、医局の奥にあるソファで休憩していた救急の医局長が、いけ、いけという風に手を振っていた。

これは、返却が遅れたことにたいするお詫《わ》びなのかもしれない。

そう思いうなずこうとした時だ。

ホットラインの電話が鳴って、にわかに辺りが騒がしくなる。

「はい、ええ。……ＪＣＳは……意識なし……現在……ええっ⁉、あと三分で到着です！」

電話しつつメモをしいた担当の看護師らしき女性が、最後、あわてた調子で振り返り告げる。

なんだ、早いなとか。伝達ミスがどうのと早口でやりとりされる。その間、返却の書類にサインとＩＤを記入しようとしていた高槻も呼ばれ、初療室のほうへ行ってしまう。

（あっ……、返却票、持って行かれちゃった！）

急いでいたので仕方がないが、あれがないと返却作業ができなくて困る。

だがここが病院、しかも救急診療部である以上、人命のほうが優先だ。

ほどなくしてけたたましいサイレンの音と共に救急車が到着し、ストレッチャーに乗せられた患者が降ろされてくる。

なんでも学生同士の喧嘩《けんか》によりナイフで刺され、胸を怪我《けが》してしまったらしく現場はかなり緊迫していた。

「呼吸浅薄、バイタル急速に低下中！」

「金森《かなもり》さん、金森さん！　聞こえますか！　聞こえたら手を握ってください！」

「研修医、輸液用意！　あと輸血部に血液製剤の緊急オーダー飛ばして、同時に電話しろ！」

ストレッチャーの車輪が回るガラガラという音が大きくなって、初療室の入口近くのベッドに人が集まる。

「……大量血胸《けっきょう》だな。緊急開胸止血術《かいきょうしけつじゅつ》の適用になりそうだから、心外にコンサルトして。あと麻酔科にオペ室を押さえるよう連絡。ドレナージは俺が」

他に負けないよう声量こそあったが、落ち着いた男の声が響き周囲の緊迫がぱっと集中に切り替わる。

誰だろうと視線を向けた咲良は目をみはる。

高槻だ。

彼はすでに手袋とマスクを装着しており、看護師から緑色の滅菌ガウンを着せてもらいつつ指示を飛ばす。

「エコーのプローブとアスピレーションキットを俺のほうへ、モニターはそのままでいい。局所麻酔《リドカイン》は？」

「入りました、補助します！」

高槻の声に反応して、彼よりいくらか若い医師が患者を挟んで対面に立つ。それからは迅速だった。

エコーモニターに血管らしき線が映ったかと思うと、高槻が同じ格好となった看護師から長く大きな注射針を受け取り両手に持つ、それからモニターのほうへ鋭い視線を向けながら注射筒のシリンジをじわりと引いていく。

赤い、血のようなものが見えた。と思ったと同時に高槻の手が止まり。それから流れる動きで注射針の外に密着していたチューブを患者の体内に射し込んでしまう。

みるみるチューブに赤い血が上がってきて、もう溢れる寸前で新しい注射筒が着けられ、胸の中に溜まっていた血液が抜かれていく。

「呼吸数、落ち着いていってます。パルスオキシの値も」

補助に入っていた医師が言うと、高槻が目元をわずかに和らげうなずいた。

「オッケー、ショックは回避できたけど、やっぱり血液量が多いな。……輸液で持たせつつオペ室に移送して」

それまで張り詰めていた空気がふわっと軽くなる。どうやら患者は一命を取り留めたようだ。

「オペには……」

「俺が入るから高槻は入らなくていいぞ。時間だろ」

他の対応をしていた医局長がマスクを外し、ニヤッと笑って指摘する。

「働き過ぎなんだよ。それとお前、返却票を返してやらないと司書さんが図書館に帰れないぞ」

言われて、えっ、という顔をして高槻が咲良を振り返る。

途端、周囲の人達が小さな笑いを漏らしたり、肘で高槻をつついたりしだす。

「あっ……ごめん、悪い」

いつもの言葉遣いに戻っていることに、なぜかほっとしつつ咲良ははにかむ。

彼は焦ったような仕草で滅菌ガウンや手袋を脱いで咲良に近づいてきた。

先ほど、救急患者が来た時は誰よりも冷静で落ち着いていたのに、こっちの——日常では、こんなに焦るなんてと、ついくすりと笑うと、高槻は返却票を咲良に出しつつ笑う。

「先に返しておくべきだったな。本当、俺なにやってんだか」

「いえ、大丈夫ですよ、高槻先生。緊急時だとわかってますから」

最初に改まった言い方でどぎまぎさせられたお返しをすると、高槻が苦笑して少しだけ身を屈《かが》める。

「これ、返したら終わりだろ？　一緒に帰れるか」

誰にも聞こえないように声を潜めて尋ねてきたが、その内容も、答えも、多分、救急診療部の人達に知られてるだろうことを思いつつ、咲良は控えめにうなずいた。

図書館に戻ると、すっかり閉館の作業が終わっていた。

が、こちらも課長や他の職員から「桜庭さんは配達なんかの大変な仕事をがんばってくれてるし、働き過ぎだから」と言われ、医局を回って集めてきた本の返却作業も他の人が代理でやるから、今日は早く帰りなさい。と言われた。

——どうやら高槻も咲良も似たもの同士らしい。

参ったような嬉しいような気持ちで御礼を言いつつ、咲良は荷物の入ったバッグを持って更衣室へ向かう。

途中、高槻から職員出口の前で待っていると言われ、十五分ほどで向かうと返事した。

帰宅ラッシュの第一次ピークを過ぎた時間なためか、更衣室内はあまり人がおらず、咲良は急ぎ制服から私服に着替える。

途中、髪の乱れを見つけたのでブラッシングしていると、ロッカーを挟んで向こうの列に見たことのある顔があった。

（誰だったっけ……どこかで見たような）

大学病院に所属する事務員の制服を着ているから余計に分かりづらい。知り合いだったか。

でも同期というには若すぎるような――と考えていた時だ。

（あっ、飲み会の時、城崎さんと一緒に来てた子だ）

高槻のことを先生と呼んでいたのを思い出す。城崎も同じ大学の事務員だと紹介していた。

ロッカーの横を通る通路越しに見ると、斜め前で着替えていた女性の横顔がはっきり見えた。

間違いない。私服になると余計に記憶と重なってきて、咲良は迷う。

城崎と来たということは、彼女の友人であることで間違いない。だとしたら、彼女が今どこでなにをしているのか知っているのではないか。

思いきり、ブラシをロッカーに入れて扉を閉める。鍵をかけるのもそこそこ歩きだすと、相手も出口に向かっていて、つい早足になる。

足音が騒がしかったのか、何気なく女性が振り向いて、途端、ぎょっとして走り出す。

「待って！」

扉に手をかけ開いた途端声を投げれば、驚いて女性はノブから手を離し、咲良が追いつくと同時に扉が閉まってしまう。

引き戸なので、咲良がいるともう開けられない。それでもまだ諦め悪く、彼女はカバンを顔の前に掲げながら口を開く。

「知らないってば！　本当に、私、そりゃ、酔い潰してお持ち帰りさせる気かなとは思ってたけど、でも、ヤバい薬まで使ってたとか、そんなの全然知らなかったし！　っていうか明日香とそこまで仲いい訳じゃないし、あれから手を切ってるから、お願いだから上にも、あの救急医にも黙ってて！」

声を潜めてまくしたて、咲良に対し怯えるような仕草を見せつつ女性が肩を小さくする。

「仕事を辞《や》めろとか無理だから！　……お祖母《ばあ》ちゃんが入院してっから家に仕送りもしてて、本当に困るの……」

だんだん勢いを失い、最後は咲良に聞かせたいのか自分に言い聞かせているのかわからない調子で言い女性は溜息を落とす。

最初こそ勢いに驚いた咲良だが、相手がさほどあの出来事に関わっていないと知って、少し安堵する。

「そ、その件はもういいの。多分敬……いえ、高槻先生からも叱られたでしょうし」

高槻、という名前が出た途端、大げさなぐらい肩が跳ねて、いったいどういう風に話をしたのかと困惑してしまう。

だが、相手がもう出て行きたそうにちらちらと扉を見ているのと、外から人が入ってこないとも限らない状況に気づき、咲良は勇気を振り絞って口を開く。

「そうじゃなくて、今、城崎さんがどこにいるか知ってる？」

「明日香が？　……さあ、今、日本にいないことだけは確かだけど」

「えっ……」

思わぬ回答に目を瞬かせると、咲良には自分を害する気がないと相手も気付いたようで、そろそろと上げていたカバンを下ろしつつ続けた。

なんでも学長の伯父から事件を聞いた親が怒り、半分強引に海外のかなり厳しい礼儀作法学校に入れられてしまい、帰国どころか電話もままならない状態だとか。

しかも学校がある場所も山奥にある元修道院で、インターネットもろくに使わせてもらえず、スマートフォンの所持も禁止らしく、持っているのが見つかったら没収されると愚痴っていたのを最後に、連絡が取れなくなっているらしい。

そんな一方的なメールが届いたのが昨日。

(だとすると、空き巣に入ったのは城崎さんじゃない……?)

彼女の仲間だとも思えたが、それだけ連絡するのが難しいのなら可能性は低いだろう。

思わぬ事実に呆然《ぼうぜん》としていると、女性は、もういい？　と小声で聞いていたので咲良は黙ってドアの前からどいた。

途端、逃げるネズミのような速さで身を翻し女性は更衣室から出て行き、そのまま足音が遠ざかる。

——誰が、なんの目的で咲良の家に空き巣に入ったのか。わからず、ぼんやりしているとスマートフォンの着信音が鳴り、咲良はあわてて通話ボタンを押す。

『どうした？　少し遅いようだけど』

高槻だ。

時計を見ると連絡した時間から十分も過ぎている。時間を守る咲良にしては珍しいことだ。

落ち着いている彼の声を聞いて緊張がほどけた咲良は、ううん、と返事をする。

『知り合いに会っちゃって……少し、話したの。待たせた？』

『いや、俺も似たような感じ。まあ仕事の話とかだと切りづらいよな』

今から更衣室を出る、と伝え、早足で職員出入り口へ向かう。

守衛に挨拶し、鉄の扉をくぐり抜けると、夕暮れの朱色となってもまだ眩しい夏の太陽の光が目に刺さる。

思わず手をかざすと、職員出口前のフェンスに寄りかかっていた人影が手を上げて笑う。

「大丈夫か」

「う、うん。大丈夫。……ここ、西日が凄《すご》いもんね」

更衣室でなにかあったことに気付いたのかと思い話そうかと迷ったものの、事務員の彼女が言ったことだけを根拠に、犯人が城崎ではないと断定するのは早計な気がして咲良はついごまかしてしまう。

すると高槻はわずかにためらった後、肩をすくめた。

「直撃だもんな。あんまり眩しいようなら診てやろうか」

「眼科じゃないのに？」

「オールラウンダーだからな、救急は。……多くはないけれど、眼科の初歩的な異常の診《み》かたは頭にあるよ」

こめかみを人差し指でつつきながら、高槻は手を伸ばす。

「荷物を持とうか。本は持てなかったけれど」

先ほどの出来事を冗談めかしていいながら提案されて、咲良は頭を振る。

「いいですよ。自分の分は自分で持ちます」

「残念、甘やかし失敗か」

本当に残念そうな顔を作られ、つい笑ってしまう。

たわいもない話をしながら帰り道を歩く。まるで高校生の時のように。

だが、過去と違って高槻はどこかへ消えたりはしない。もし電話がかかってきて消えるとしても、それは救急からの呼び出しだとわかるし、彼も行く前に説明してくれるだろう。

そんな安心感もあって、二人で並んで楽しく歩く。

マンションまで歩いて十分ほどの距離だからか、高槻は日勤のときは徒歩、夜勤や当直の時は車と使い分けているようだ。

特に買い物もなく、家路を急ぐ人の多い大通りから少し外れて遠回りしても、家の玄関まではそんなにかからなくて、大学病院を出てから三十分も経たずに二人は家に戻ってくる。

玄関を開けて、中に入った瞬間だった。

爽やかなグリーンノートの香りが鼻孔をくすぐったかと思うと、背後から覆《おお》い被《かぶ》さるようにして高槻が抱きついてくる。

不意打ちの抱擁に鼓動を跳ね上げつつ振り返ると、目を伏せたまま咲良の肩口に顔を伏せた高槻が、抱き寄せる力を強めつつ呟く。

「……おかえり、咲良」

「えっと、おかえりなさい。敬真さん」

自分の心臓の音が伝わってしまわないかと照れつつ言い返せば、高槻ははにかんで上から咲良をのぞき込む。

「変だよな。一緒に家に帰ってきたのに。……でも、手を繋いでないと、こうして閉じ込めておかないと、またどこかへ行っちゃいそうで」

切なげな声で言われ、少しだけ困ってしまう。

なにも言わずに離れたことが、彼をどれほど傷つけたのかと思うと申し訳ないのと、あの時の自分にはああすることでしか、高槻への気持ちを守ることができなかったという思いがない交ぜになって、どう答えていいかわからない。

「どこにも、行かないですよ」

もう、と笑って怒ったふりで手を解いて誤魔化《ごまか》せばいいのに、どうしてかできなくて。

逆に腰に巻き付いた彼の手に自分の手を重ね、相手を仰ぎ見つつもう一度、言う。

「どこにも行かないです。……ここにいますよ。ちゃんと」

「うん」

小さく呟き、高槻はごく自然な仕草で咲良の唇に自分のそれを重ね、軽く体温を伝えた後に大きく溜息を吐く。

「重いよな、ごめん」

少し寄りかかっていることがか、それとも想《おも》いの強さのことか迷うが、どちらでも答は同じだ。

「そんなことないですよ。……こうしていられることが、私も嬉しい」

誰もいないからか、真っ直ぐすぎる高槻の想いに自分まで共鳴してしまったのか、咲良にしては珍しく素直に頭に浮かんだ言葉をそのままに伝える。

離れていた唇がまた重なって、たちまちに表面を舌先でなぞられ合わせ目が薄く開く。

ぬるりとした生温かく艶《なま》めかしい感触が走り、男の舌先が歯列に触れ、歯茎をゆっくりと舐められる。

途端、ぞくりとしたものが背筋を這い上がりうなじで弾け、その心地よさに咲良は目を閉じる。

伝わる熱と感触が気持ちいい。

自分以外の人間が自分の身体の中に触れる感覚に慣れるほど、高槻とこんな風なキスをしているのに驚くが、それでも拒みたいとは思えず、どころかもっと触れられたい。そして触れたいとも思う。

硬くした舌先がゆっくりと歯茎を舐めながら奥へ至り、かと思えば手前に戻り、そっと引き抜いて、じゃれるように上唇から下唇と交互に甘噛みされる。

再び舌を受け入れれば、今度は舌の表を口蓋に擦り付け、わざと唾液の音を響かせながら徐々に奥へと忍び入り、苦しさを感じるギリギリのところで舌裏の筋へと愛撫の矛先が変わる。

それに粘着質な水音が玄関に響きだし、恥ずかしさの水位が上がる。

場所が玄関であり、外に聞こえるかもと気になるが、高槻はいつまでもキスを止めようとはせず、どころかどんどん咲良を惑わしていく。

「んっ、ふ……む……んん」

甘くねだるような鼻声が漏れだすと、腹の前で組まれていた高槻の手が徐々に上へ上がっていき、酸欠で息を継いだと同時に両胸をそっと掴まれた。

「あっ……」

声を漏らし、その大きさに驚いて口を塞いで俯けば、割れた後ろ髪の間からうなじを甘噛みされて淡い疼きが皮膚に灯る。

刺激に反応し咲良の身体が小さく跳ねると、高槻の唇はますます大胆にうなじから耳元へと至り、耳朶をそっと唇に含む。

「んっ、ふ……ッ、ぅ、……うう」

努めて冷静さを装おうとするも男の欲望に煽られて、自制心が失われていく。

声だけは手で押し殺せていたが、身体の反応は徐々に露骨となっており、高槻が耳朶をしゃぶり、耳殻を軽く噛むのに合わせてあちこちが小さく跳ねてしまう。

節の浮いた長い指がしっかりと乳房に絡んで、着ているシンプルな白のシャツから胸の膨らみだけが妙に目立つ。

「柔らかい。どこもかしこも……それに、いい匂いがする」

夏に外を歩いて帰ってきたばかりなんて、汗のにおいしかしないだろうにそんなことを言われ、咲良はふるふると頭を振って否定する。

「そんな、はず……ない」

「いや。いい匂いだよ。お日様にあたった金木犀《きんもくせい》みたいな、甘い果実みたいな……柔らかくてそそる香りがする」

鼻先を肌に擦り付けられ、うなじが粟立《あわだ》つ。同時に血圧が急上昇したように全身の肌が熱く火照りだす。

どうしようもない愉悦に苛《さいな》まれ、身を小さくして耐えようとすれば、そんな仕草もかわいいと言いたげに触れるだけのキスがこめかみに落とされる。

「……そんなに我慢しなくても、割と防音性は高いから、多少の声は聞こえない」

そんな問題じゃない、と反論したいのに耳朶に歯を立てられて、咲良はたまらず声を上げる。

「あっ……ッ、あ、あ……あ」

「いい声、たまらない。……咲良が欲しい」

いいながら尻の裏に腰を押しつけられると、すっかり兆した高槻の雄がタイトスカートの上から硬く割れ目をなぞってきて。

這い上がる甘い疼きに身震いすると、もどかしげにブラジャーの上から乳房を揉んでいた大きな手が腰でたるんでいたシャツをひっぱり、性急に引き出し布の下へと滑り込ます。

「あ、ダメ……。ここでは……」

「うん。わかってる。でもごめん。……我慢できそうにない」

いいながらへその辺りに手の平を押しつけられ、その思わぬ熱さに嬌声を散らす。

「んぁ、あ……ぁ、あ」

まるで肌になじませるようにゆったりと押し撫で、互いの肌を滲みだした汗で密着させながら手が乳房の方へ這い上がる。同時に高槻の左手が後ろに回りぱちんと小さな音がする。

突然呼吸が楽になり、咲良が大きく息を吐いた時だった。

男の両手が素早く前に回って乳房に絡むと、力強く柔肉を掴んで指を絡ませ、間を置かずして人差し指で両方の乳首を弾く。

「んっ、あ……ぁ、ああっ、あ」

びりびりとした刺激が胸の頂点から波紋のように身体に広がる。その甘い痺れに気をぼうっとさせるもすぐにまた弾かれ、声が上がって尖端は尖る。

すっかり芯をもって勃ちあがった乳首は、男の指と擦れる布の異なる刺激でますます敏感になっていき、身をよじらずにはいられない。

だけど身体に絡みついた筋肉質で血管が浮いた男の腕が、逃れることを許してくれない。

いや、本気で逃れたいと思えない。

どうかしてると思いつつ、心の中の女が途端に華やぎだすのを感じる。

恋する男にここまで強く、ひたむきに求められて、拒める女がどれほどいるのだろうか、とすら思う。

ひょっとしたら自分が思うより自分はいやらしい女なのかもしれない。そんな考えが頭を過るが、理性はすぐに愛撫で散らされ、咲良は先ほどダメと言ったばかりなのに、恋人へ願う。

「顔、見たい……」

「うん」

言うなり、男の腕が浮いて身体が楽になる。

どちらも靴を蹴るように脱いで、そのまま腕をとって廊下を数歩進んで向き合えば、たちまち壁に背中を押しつけられた。

「咲良、好きだ。咲良……」

熱っぽく繰り返しながら唇を奪われ、今度は舌が大胆に絡む。

それだけではなく、咲良からもそっと絡めれば、はっと鋭く息を呑んだ高槻が淫らな濡れ音を立てながら、小さな女の舌を吸い上げて目一杯に感じさせる。

大好物を今すぐにでも食べ尽くしたいのに、味わう楽しみを長引かせてもみたい。

高槻の甘く悩ましい思いが、触れる指どころか、急く息づかいからもわかる。

もちろん咲良だって、この愛おしい時間を一瞬でも長く続けたいと思い始めていた。

こうして求め合うことは二度目なのに夢中になるなんて、冷静に考えればおかしい。

だけどもう理性ではどうにもならないほど感情も身体も昂ぶっていて、ただただ触れる相手の事だけを考えたいと思う。

自分からも腕を伸ばし高槻の首にすがりつけば、腰裏に回された彼の手に力がこもり、ぐいと軽く持ち上げて互いの恥部を布越しに重ね、熱い吐息を漏らす。

タイトスカートの中はもう蒸れていて暑いほどで、下着だって汗以外の理由でじっとりと濡れだしていた。それが恥ずかしくて身震いすれば、腰にあった男の手が臀部《でんぶ》を抱えてさらに抱き寄せる。

「あっ、あ……あ、あ」

自分を求め兆《きざ》すものの硬さをもっとはっきり感じたい。服が邪魔でたまらない。

高槻もそう思ったのか、唐突に咲良のタイトスカートをたくし上げ、破らんばかりの勢いでストッキングを下ろしてしゃがむ。

「えっ、あっ……や、ぁ……ぁ、あああ」

剥き出しになった下腹部にキスされてうろたえれば、もっととねだるようにへそに舌を差し込まれ、乳首にしたように尖らせた先でくりくりと弄る。

そのたびに腹奥にある子宮が疼いて、まるでそこにもう一つの心臓があるように脈動しだす。

蒸れた汗の甘酸っぱい匂いに、ほんのわずかに混じる雌の匂いを嗅ぎつけたのか、高槻はその高い鼻筋を咲良のへそから下着の際まで滑らせて、そこへ思わせぶりなキスを落とす。

もうベッドになんて行っていられない。そう言いたい彼の気持ちが咲良までも飲み込んで、理性をあっというまに突き崩す。

湿ったショーツの上から秘められた場所にある縦筋を指でなぞられ、咲良は思わず背を仰け反らす。

今までより鋭敏な刺激に、脳天から爪先まで陶酔の細波《さざなみ》が走る。

感覚が花開きだすのを感じつつ、後頭部を壁に押しつけ、喉を反らせ息をついでいると、高槻の指が何度も恥部を行き来して、その部位をくっきりと浮き立たす。

布の皺に隠れるようにして埋もれる陰核はすぐさまに見つけ出され、つっ――と触れるか触れないかのタッチで撫でられれば、もうどうしたって声が出る。

「ああっ、あ、あ、それ……だめ、強すぎ、る」

熱い刺激を流し込まれ、指が辿った痕に快感が焼けついていく。

ヒリヒリとした感覚は痛みとは違う悩ましげな悦を帯びていて、いつまでたっても消えてくれない。

過敏な蕾《つぼみ》を挑発するように弾かれ、擦られ、感じ方に慣れようとする度に手管を変えられ、やるせない吐息と喘ぎが交互にこぼれる。

知らず腰が泳いで身を捩らせると、逃げるなという風に腰が男の手に囚《とら》われて壁におしつけられる。

身体の奥から少しずつ絶頂への衝動がせり上がってくる。それに捕まるのが少し怖くて眉を寄せ息を絞れば、高槻が間を読んだように下着の縁を爪先でなぞり、秘処へ近づくなりぐいと布地を左に寄せる。

直接空気が触れる感覚に息を詰めた時だ。彼は感嘆に満ちた吐息を漏らし掠れた声で呟いた。

「綺麗だ」

誰にも見せたことのない場所を見られ、顔にかあっと血が上る。

同時に、そんな場所が綺麗だとも思えず、咲良は口元に拳をあてながら顔を激しく振りたくる。

「そんな、はず……ない。汚い、よ。……帰ってきたばかりだし」

汗で蒸れているに違いないし、違う粘液で濡れてもいるのに、高槻はその場所を——まだ処女の名残を残し閉じたままの縦筋を指でくぱりと開きながら小さく笑う。

「綺麗だよ、小さな陰核、綺麗なピンク色をした薄い花弁も……中の濡れた肉色さえも」

ああ、と声さえ漏らしながら、高槻は言葉ごとにその場所へ息を吹きかけ、その度に咲良の身体はびくびくと震えた。

過敏すぎる女体の反応に気をよくしたのか、高槻は顔を傾けそっと芽吹きだした淫芯に唇を寄せる。

「あっ、や……っ、……あうっ！」

そっと舌先で突かれた途端、身体中の神経が剥き出しになったような激しい疼痛が走り抜け、一瞬で頭がぼうっとする。

淫芯から走る快感の電流は強く、痺れを伴いながら、理性や不安を打ち砕いていく。

拒絶されなくなったと気付いたのか、男の舌は弧を描きながら淫芽を可愛がり、ゆっくりと柔らかくふやけた肉莢《さや》を剥《む》いていく。

濡れ、柔らかい舌に触れられる度に腹の奥がきゅっと切なさに引き絞られ、蜜壷を守る花びらがひくんひくんとわななきだす。

同時に内側からぬるりとしたものが滴りだして、ゆっくりと、だが確実に高槻の指を濡らしていく。

もう愛撫は陰核だけでなく、恥丘を押さえる手の親指が花弁をなぞり、ときにはつぷりと先を蜜筒の入口に沈め、先にまちうける交合を女の身体に思い出させる。

「ふぁ、あ……あ、あ」

どこか夢心地な声を上げつつ仰け反る。

気持ちいい。最初のときよりずっと身体が解《ほぐ》れて高槻を欲している。

自分の肉体の変化に驚きつつも、彼だけが知る、彼だけにしかこんな行為はさせられないとも思う。

同時に、こんなことを許すのは自分だけであってほしいと女の独占欲で願う。

いつしか口元を離れた手はひざまずく高槻の頭に添えられて、まるで愛し子《いとご》に母がそうするように、くしゃくしゃと髪を掻《か》き乱しては頭皮に指を滑らせていた。

それがここちいいのか、時折、陰核への口戯を止め、高槻が感じ入った声を漏らす。

その度に心のどこかが満ちていき、多幸感が強まっていく。

場所とか、時間とかもう関係なかった。ただ、相手に触れていたい。

思えば四日、なにもないまま、どころかうち二日は顔を合わせずにいたのだ。そう思うと、この触れあいがますます愛しく、相手への渇望も増す。

互いに陶酔し、陶酔させ、お互いの中に眠る愛情を相手へ伝える。

それは言葉より雄弁で、淫靡で、生々しい。

直接的な快感を知る身体は我慢ができなくなりだしていて、恥ずかしいと反応を抑えるために脚へ力をこめても、小刻みに痙攣する太股《ふともも》は止められない。

「ふぁ、あ……ッ、っく、ぅん」

子犬みたいな甘声で泣けば、高槻が嬉しそうに喉を震わす。

「我慢しないで、感じて」

甘く淫らに囁きながら、彼は蜜が滴り落ちだした秘筒へ指を差し込んだ。

「んっ……ん、ぁ……あ」

入口をなぞるばかりだった指が、蜜に濡れた襞を掻き分け内部へ滑りこむ。

「は……あ、あ」

自分のものではない器官が自分の中に挿入された時の痛みを思い出し、咲良の肩がこわばる。

だがそれも長いことではない。臆病な処女のときは異物を締め出そうとしていた内部も、ほんのわずかな抵抗だけで、侵入する指を易々《やすやす》と呑み込み内側を擦る感覚を悦に変える。

どころか、内部の襞が徐々に充溢してひくつきだして、それが恥ずかしくて目眩がしそうなほど赤面してしまう。

「あ、嘘、そん……な」

自分から迎え入れるような反応をしたことを恥じて呻けば、高槻はいいんだよと甘く笑って、半分以上剥き出しとなった淫芯に口づけ、吸い上げた。

「ひ……ッ、ああ、あ……んっ、くぅ」

淫裂に含まされた指が抽挿されるごとに、ぴちゃりという音と共に透明な液が滴り高槻の手を濡らす。

それに合わせ、リップ音を響かせながら淫芯を吸われると、先ほどよりもっとはっきりと内部が柔らかくほぐれてはうねる。

「んっ、ふ……あ、ぁ……ぃ……ふ」

膣奥がどんどんと熟していく。緩いというより重い悦楽を内部で感じているのに、外から鋭敏な陰核を刺激されてはたまらない。

性質も感度も違う快感に翻弄されて、ものをまともに考えられない。

股間どころか太腿《ふともも》まで濡れ汚れていたが、それが乾く間もなく新たな愛撫に淫汁が垂れ、肌に淫靡な上書きをほどこしていく。

ふと視線を下へとやれば、高槻が眉を寄せた切なげな表情で唇を下腹部に触れさせ、荒く息を継いでいた。

自分だけが翻弄されているのではない、彼もまた咲良の痴態に煽られ、心を乱されているのだと気付いた途端、なだらかにうねる内側のある部分に触れられ、電流に打たれたような快感が走り抜けた。

ぐんっと中がきつく閉まり、男の指を淫らに締め上げる。

中に含むものの形や長さを、そして自分の女の器官の形を肉体で知りながら、咲良は大きく声を上げた。

「あああっ……ッ！」

込み上げてくる胸の奥の苦しみを解放するように嬌声を放った瞬間、背が弓なりにそり、壁に後頭部を押しつける。

それでもまだ足りなくて、ガクガクと震えていた腰も太股も、絶頂の高まりに合わせぴんと張り詰めた。

一拍を置いて、頂点に達した愉悦を膣と脳で味わいながら、咲良は顔を天井へむけはくはくと息を継ぐ。

わななく唇から吐息が漏れ出すようになってようやく、緊張していた全身から力が抜けて崩れかけるが、すぐに高槻が立ち上がり腰を支えて落ちることを留める。

「さく、ら」

女の絶頂を目の当たりにしたことで、どうにも抑えきれなかった欲情で声をかすらせながら高槻がズボンのポケットから避妊具を取り出し、口に端を食わせてびりりと破る。

そのまま、くつろげた前から窮屈そうに飛び出した男根に手早く膜を被《かぶ》せ、高槻は視線の強さで咲良に問う。

否も応もなかった。いまや自分は獲物を追い求める雄に囚われたただ一匹の雌で、散々に弄《いじ》られ昂ぶらせられきって、喰《く》われる瞬間を恍惚と待ち望んでいる。

指が抜かれた膣は、物欲しげに収縮しながら期待に震え、肌はより敏感に研ぎ澄まされ、その身体全体で自分を求める男を知ろうとしていた。

「あ、ぁ……っ、敬真さんッ」

恥ずかしすぎて息ができない。それでも気を振り絞り震える声で名を呼んだ途端、手早く秘裂にあてがわれた亀頭が、モノも言わず一気に押し込まれた。

獰猛《どうもう》な獣がやっとありついた獲物に襲いかかる激しさで穿たれ、咲良は一突きでまた頂点へと押し上げられる。

「んっくぅ……ッ。ぅ……ぁ、は……ぁ」

脈拍が乱れ、鼓動が逸り、呼吸はどこまでも浅く荒れた。

淫欲の沼に沈むことを覚えだした肉体は、さしたる抵抗もなく咲良に快感を受け止めさせる。

やるせなさに身を打たれつつ手を伸ばせば、すぐそこに高槻の身体があって。

たまらず抱き寄せれば、いつもは爽やかなグリーンノートが雄のフェロモンを纏《まと》った妖しい香りとなって鼻腔《びこう》をくすぐる。

それに陶然としながら、咲良は「はぁ……ぁ」と喜悦の吐息をこぼす。

「敬真さん、好き。……好き。離れないで。どこにも行かないで」

彼が咲良に行くなと言ったのと同じ強さで願いながら、うわごとのように好き、好きと繰り返せば、抱く女体の反応に浸っていた彼が苦しげに眉を寄せつつ、唇を震わす。

「ここで、それは卑怯だろ……ッ、もう、滅茶苦茶にしてやりたくなる」

絞りきった声で言われ、咲良はそれでもいいとうなずく。

滅茶苦茶にして、貴方だけの女にしてしまって。どんなみっともなく淫らな姿でもいいから、ただひたむきに貴方を受け入れさせてと願いつつ視線を送れば、受け止めた高槻が両手の指が肉に沈むほど強く腰を掴んで押しつける。

「ッ、は……ッ、く」

荒々しく声を漏らしながら高槻は内部の感触を堪能するように、己を根元まで含ませたまま腰を揺すり、咲良の奥地を尖端で擦ってかわいがる。

ほぐれかけていた子宮口をこねられ、腰が逃げをうちかけるがすぐにぐいと引き戻されて、もっと強く鼠径部を男の股間に押しつけられ、さらに前後に細かく揺らされた。

「っ……ぁぁあ、ぅぁ……ッ、あッ、アッ、アッ」

ひと擦りごとに声を高くし啼きながら、咲良は頭をゆるゆると振る。

ベッドでしたときとはまるで違う。

高槻の激しさに咲良自身の体重も載って、より深くまで咥えさせられたまま奥処《おく》をぐりぐりと捏ねられるのは、たまらなく悦くて、頭がどんどんぼうっとする。

なのに走る快感が意識を飛ばすことを許してくれなくて、知らず咲良は目を潤ませ唇を薄く開いて顔を蕩《とろ》かす。

女のそんな表情を見せられて、男が我慢できるはずがない。

喉を引き締め、無言でぐいぐいと互いの腰を重ね揺さぶっていた高槻が、呻くようにくそっと吐き捨て、理性も遠慮もかなぐり捨てて杭を打つに似た動きで腰を使いだす。

「ああ、や、あぁ、……んんんっ」

奥処を暴かれれば暴かれるほど、淫靡な疼きが全身を縛る。

本音は少し痛いぐらいなのに、愉悦に磨かれた蜜壷はそれすらも快感ととらえ、被虐の悦《よろこ》びで女の身体を震わせる。

一杯一杯に含んでいるのに、もっと欲しいとねだるように淫襞が男のものに絡みつく。

興奮で限界まで充溢した肉筒は、それ自体が妖しい生き物のように蠢き、本能だけで男の精を胎に収めようとしごく。

同時に自身でもあまさず快感を拾い上げては、何度も咲良を甘く短い絶頂へと押し上げ、その度に子宮口を熟れさせる。

足りない。もっと深く、長く欲しいとねだるように子宮が下りきった瞬間、高槻が激しく強く女の細腰を掴み、抜けるほど引いた肉棒を限界までたたき込む。

「ひ、あ……、ぁ、ああっ……」

閉ざしていた眼裏に光が弾け、腰から脳髄まで電流が走った。

受け止めきれない愉悦がきつくて、なんとか逃れようと悶えるも、穿たれ、腰をがっちりと手で掴み支えられていてはどうにもならない。

蜜口の襞から蜜底まで、敏感な部分をまんべんなく男根で刺激しつつ穿たれ、間断なく快楽で責め立てられ、瞬く間に一番高い場所まで導かれ、咲良は身を弓なりに反らしつつ達した。

身体が反ったのと同時に降りた子宮口に肉槍の先がめり込み、さらにぐいぐいと押しつけられて、そのまま下りることを許されず、ただただ高槻にしがみつく。

するとと彼は腰にあった右手で咲良の膝裏を掬《すく》い、壁に手の平を押しつけ、目一杯に股間を開かせ、密着させつつがつがつと腰をグラインドさせだす。

空気ごと媚肉を攪拌する、ぐぷっ、ぐぽっ、という卑猥な音に合わせ、咲良は声にならない艶声を放ち啼く。

もう悦すぎてなにがなんだかわからない。ただ、快感の強さに流されて彼と離れてしまうのが怖くて、しゃにむに抱きついては、好き、好きとうわごとのように繰り返した。

高槻も歯を食いしばり、眉間を寄せた切なげな顔で、我を忘れたように激しく抽挿を続ける。女の小さな肉体が抽挿に従い、男の腕の中で跳ねくねり、愛撫を堪える指先が服越しに男の肌にきつく食い込む。

それでも彼は責めの手をとめず、ただひたむきに追いかけ求める動きで咲良を穿ち揺さぶり続けた。

獣のようにガツガツと腰を振られ、最奥地を激しく貫かれ、身も世もないほど悶え喘いだ。

男の抽挿は速度を上げ、どんどん咲良を限界に追い詰める。

「ツ……、く」

溢れる劣情で喉を震わし呻くと同時に、高槻は子宮口に強い圧を加え動きを止めた。

心臓を鷲掴みにされたような衝撃と、圧倒的な愉悦に喉も背も弓なりに反り返る。

「あぁあああ……ッ！」

翻弄され続けた女体が完全に愉悦に屈服する。

咲良が身悶え震えるのと同時に肉筒が激しく収縮し、今までよりさらに奥処へと屹立を咥え盛んに舐めしゃぶる。

淫らな痙攣に耐えかねた高槻が胴を大きく震わせ、猛り暴れる野獣の動きで腰を振りたくり、屹立の先と子宮口を限界まで密着させようとする。

絶頂に震え、穿つものをきつく締め付け、再現なく達せられる。

「はっ……出るッッ」

低く鋭い声で言った途端、身の内を犯す高槻の剛直がぶるりと猛々しく跳ねた。

絡む淫襞を押しひしぎ、充溢しきった亀頭で子宮の入り口をきつく圧迫したのも束の間、次の瞬間、下腹にこもっていた最後の愉悦が爆発した。

膣内で激しくのたうつものが、びゅくびゅく震えながら吐精する。

その熱さと勢いに恍惚としながら力を抜くと、かき抱くように高槻が咲良を抱き寄せ。その まま後頭部を抱え優しく撫でる。

「好きだ、咲良。愛してる」

心からそう思っているとわかる仕草と声に、咲良も声を出せぬまま何度もうなずく。

二人の世界が完璧に和合し、互いの脳が多幸感に満たされていくのがわかった。

そのまま抱かれて何分ほど経っただろうか。

吐精してなお勢いを保つ屹立がずるりと抜かれ、咲良はその空虚さに声を上げる。

「あっ……」

もっととねだるような声に、戻り始めた理性で赤面していると、高槻が額に優しいキスを落とす。

「俺もいつまでも繋がっていたいけど、ダメだろ。妊娠してしまう」

それでもいいと言いかけた唇を封じられ、高槻は咲良を抱き寄せ、あやすように揺らす。

「そういうことは、色々きちんとしてからしたい派。……だから、咲良の望むタイミングで指輪を買わせてくれないか」

ねだるようにいいながら、高槻が左手の薬指を摘まみ擦るのに小さくうなずく。

あまりに早い決断だとも思うが、空白の十二年を考えれば遅すぎるほどだと自分の理性をなだめつつ、咲良は笑う。

「私で、よければ」

「咲良でないと、ダメっていうのがまだわからないんだな。……飯食ったら、もっと、ちゃんと分からせてやる。ベッドで」

しまった、言い方を間違ったと火照ったままの頬を押さえていると、高槻がしゃがんでポケットから取り出したハンカチで秘処を拭う。

「ちょっと具合が悪いだろうけど、……これで」

さっと下着を拾い、咲良が静止するまもなく足を上げてするすると走らせる。

まだ快楽の余韻が残る肌を滑る男の指に身震いしているうちに、ショーツをはかされ、次の瞬間、膝裏に腕を通し抱き上げられた。

「っきゃ」

思わず悲鳴を上げると、可愛いな、と呟かれ頬と言わず鼻先といわずキスされる。

「ここは俺が片付けておくから、咲良はリビングのソファで休んでいて」

高くなった視点に目を白黒させている間にそう伝えられ、なにをと視線を床へ落とすと汗やら体液やら散った床の上に使用済みとわかるソレが落ちている、酷い惨状の廊下が目に入る。

「あっあっあっ……わ、わた、私も」

片付ける、と目を泳がせつつ先ほどの痴態を想像させる床から視線を引き剥《は》がせば、いいよ。と甘く拒否される。

「いいよ。腰、立たないだろ。かなり激しくしちゃったから。……落ち着いたらシャワーでも浴びてきな。その間に俺が夕飯を作っておく」

そこまでさせるのはと遠慮しかけたが、確かに身体に力が入らない。なにより、落ち着いて御飯を作れそうにない。

「ごめん」

「こういう時はありがとうと言うべき」

「……ありがとう、ございます」

恥ずかしさと照れで消え入りそうな声で言えば、はしゃいだ動きで高槻は一回転する。

急速の景色が変わることに驚き抱きついた時にはもう、彼は悠然とした足取りでリビングへ向かいだしており、その体力の多さに驚かされてしまう。

これは今夜、覚悟したほうがいいかも。

内心で汗をかきつつ思っている間に、まるで騎士が姫君にするみたいに丁寧かつ優しくソファに下ろされて、また触れるだけのキスが唇に落とされる。

「じゃあ」

わずかな寂しさを感じさせつつ高槻が背を向ける。そうしてそのまま三歩ほど進んでから唐突に振り返った。

「咲良、大好き！」

無邪気かつ満面の笑顔で伝えられ、たちまちに顔に血が上る。

真っ赤になって身を震わせていると、高槻は少年のような笑顔をそのままに廊下に消えてしまう。

彼の姿が見えなくなった途端、咲良はソファにあったクッションを抱き締め、顔を埋めた。

(やっぱり、敬真さんはずるすぎる。その笑顔は反則！)

ひたむきで一途《いちず》すぎる告白に身悶えながら、咲良はこれからの日々が輝いていると信じて疑わなかった——。

6．二人を分かつ者の正体

その日の夜は、高槻のつくった小エビとレモンのパスタに野菜のスープという、簡単だけれど美味《おい》しい夕食を食べた後は、二人して寝室に引きこもった。

けれどすぐ励んだかといえばそうではなく、お互い、寝間着で転がって、音楽を聴きながら色んな話をして過ごし、時には笑い、くすぐり合い、キスしたりしていちゃつく内に二回戦——どころか、ほとんど朝まで肌を重ね合う。

そして翌日の休暇日は、朝一番にシャワーを浴びて、高槻の行きつけというカフェで甘いフレンチトーストにコーヒーの朝ごはんを食べて咲良の家へ。

警察の実況見分もとうの昔に終わっていて、咲良の気持ちも落ち着いてきたので家を片付けて、当面暮らすのに必要な家財を持ち出すことにしたのだ。

中はやっぱり酷い惨状のままで一瞬気が怯《ひる》んだが、側に高槻がいると思えば怖くはなかった。

とりあえず散らばる本や服を片付けるが、小さなワンルームでは昼過ぎには終わってしまい、そこから厄払いだと笑う高槻の運転で湾岸にあるショッピングモールへ。

咲良の分――というより、二人で使うお揃《そろ》いのマグや皿を買ったり、本棚や鏡台などの家具を揃えたりして、最後に服だと店を回るものの、咲良が払うより先に高槻がスマートに会計を済ませるので恐縮し、仕舞《しま》いには呆気《あっけ》にとられてしまった。

だけど彼はまったく堪えた様子はなく、どころかしれっとした表情で、咲良は女の子だから化粧品とかでお金を使ったし、これぐらいは彼氏として揃えさせろと主張するので、この夏一杯は問題なく過ごせるだけの服を車に積み込むことになった。

翌日は届いた家具を二人で組み立てた。

お互い肌にTシャツを貼り付けて、ああだこうだといいながら組み立てるのは楽しくて、あっという間に咲良の部屋に本棚が二つも完成し、そこにタイミングよく鏡台も届く。

咲良ではとても運べない鏡台の大きさにどうしたものかと考えていると、「これぐらい俺一人で充分」と高槻が笑い、逞しい腕を見せつけつつ軽々と運ばれ驚いた。

学生時代もスポーツをしていて整った身体だなあと思っていたが、大人になってからは一層で、張り詰める筋肉や背中の綺麗なラインについ見蕩れてしまう。

相手も咲良のそんな視線に気付いていたのか、前日こそ「疲れてるだろうから」で軽く腕に抱くだけで眠らせてくれた夜も、その日はやっぱり力強く、激しくて。

明けて三日目は二人してごろごろするほど、求められ、求め、番いあった。

――そして週明けの月曜日。

週初めとあって病院は混んでおり、医学部の学生も前期の定期試験が山場となっているからか、図書館も学生利用者が多く、忙しくしているうちに一日が終わった。

高槻は日勤からそのまま当直予定で、今日は帰宅しない。

誰もいない家の鍵をあけて、ただいまと呟いてリビングを見渡す。

がらんとした部屋を見て、咲良は一つ溜息を落とした。

（一人だと、こんなに広いんだなあ……って、もう、すっかりここの住人）

感慨深くなっている自分に呆《あき》れつつ苦笑する。

高槻と暮らしだしてから半月しか経ってないのに、もう、この場所が生活に馴染《なじ》んでいる。

それだけでなく、高槻がいないのが寂しいとさえ思うなんて、自分でもちょっとおかしい。

「今晩は、早く寝ようかな……」

朝起きていちゃついて、昼はデートのように過ごして、夜は言わずもがな。

そんな生活は楽しくあったが、体力は急に増えるわけでもなく、週初めだというのに気怠《けだる》い疲れが身体にあった。

だけど仕事で感じるものとはまったく違い、心地よささえ感じる疲れは愛しくて、その分、彼がいないことがどこか切ない。

（これは、色ボケというやつかも）

彼氏ができたという女友達が、幸せそうに言っていた状態になっているかもと思うと、嬉しいのと同時に恥ずかしくて、咲良は誰も見て居ないとわかっているのに指先で両頬を押さえ吐息をこぼす。

思えば仕事中も少し上の空な時間があったりと、ちょっと気が緩んでいた。

明日から気合いを入れていかなければと、台所に立つ。

夕食は昨晩つくった煮物と、スーパーで安売りしていた豚こまにタマネギをつかった生姜焼《しょうが》き、それに味噌汁《みそしる》で済ませ、高槻がいつ帰ってきてもいいように鶏のそぼろや、身を大きくほぐした鮭《さけ》を用意しおにぎりにする。

「これなら、朝に敬真さんが帰ってきても食べられるし、私だけでも朝ごはんにしちゃえるし」

できれば二人で食べたいな、と思いつつ独り言をこぼしてしまったのは、一人なのが落ち着かないからかもしれない。

苦笑しつつ、台所を片付けて、コーヒーでも淹れてひと息つこうと考える。

一人だけの夕食では食器も鍋もそこまで使わず、コーヒーを淹れるのもインスタントで充分だ。

牛乳を入れて猫舌用にしたコーヒーカップを手に自室へ戻り、今日持っていった荷物を片付けていると、入れた覚えのない封筒が一通入っているのに気付いた。

「なんだろう……」

学内の連絡物だったかなと、本棚の隅に置いているペン立てからはさみを取り出し封を切ろうとする。

だけどうまくはさみが通らず、首を傾《かし》げる。

（なにか、硬いものが入っているみたいな……？）

不審に思い、慎重に封を剥《は》がしてみれば、手紙の内側に貼り付けるようにしてカッターナイフの刃が留められていて。

「ッ……！」

悲鳴になりかけ潰れた息が、喉をすり抜けヒュッという嫌な音になる。

胸が変にざわめき逸るのを手で押さえながら、咲良は深呼吸し気を落ち着かす。

思わず呟く。

「なに、これ……」

怪我をしなかったのは幸いだったが、勢いよく手で封を切っていれば酷い目に遭っていた。

自分の慎重さが役立ってくれたが、あまりいい気分ではない。

とりあえず中に入っているものを全部取り出してみないとと、怖がる自分を叱咤《しった》しながら咲良は指を動かす。

入っていたのは三つ折りに畳んだＡ４用紙が一枚。

震えがちな指で中を開けば、そこにはたった一行だけ文字が印刷されていた。

――高槻敬真と、別れろ。

シンプルだが、胸にずんと来る一言だ。

悪戯にしても質《たち》がよくないし、そうでないなら問題がありすぎる。

冷めてしまったコーヒーに口を付け、喉を潤しつつ咲良は思う。

これが入れられたということは、大学病院内、しかも更衣室か図書室だ。

カウンター業務の時、咲良のみならず他の職員も貴重品管理と水分補給のため、横にあるサブデスクに鞄を置くことが多い。

だから、手紙は大学病院関係者ないし学生なら誰でも可能だ。

「一体、誰が」

喉に手を当てる。

飲み込んだのは液体だったのに、まるでなにかつっかえているような違和感と息苦しさがわだかまっている。

少なくとも咲良には思い当たるところがない。

高槻と別れろということは、彼の関係者だろうか。

(彼に思いを寄せている誰かが……?)

一番可能性としてはある話だ。高槻は若手医師の中でも女性職員や医療者からの人気が高い。

咲良自身、噂にはあまり関わりたくないタイプなのでそれまでは気にしなかったが、付き合いだしてから意識が向いてしまったのか、更衣室や休憩スペースで彼のことを話していて、いいわね。とか告白しちゃおうか。と冗談めかして言っている若い女性を見かけたこともある。

そうでなくとも、彼と一緒にいると他の女性の視線を感じることは度々にあった。

つまり、咲良を高槻と別れさせて、自分がその空いた場所を狙いたいということだろうか。

（まさか、空き巣も？）

そこまでやるとは信じられないが、恋は盲目という説もある。

思いが高じるあまり、咲良に嫌がらせをした可能性は充分に考えられる。

――どうしてそこまで、と思う。

同時に、ふつふつとした怒りや嫌な感情が腹の底から胸へと湧き上がってくる。

嫌だ、別れたくない。

十二年もの間忘れようとして忘れられず、やっと繋がった縁なのだ。こんな悪質な嫌がらせで手放すなんて絶対にしたくない。

だけど怖いと思う気持ちも本当で、咲良はどうしていいか頭を悩ます。

恐る恐る封筒を調べるが、手がかりになるようなものはなにもない。

ごく普通の白封筒にコピーにも使われる紙と、事務ならよく見る文字のタイプ。

カッターの刃だって、ごく一般的な一センチほどの幅のものが一本入っていただけで、他にはなにも入っていない。

もちろん、この手紙の主が空き巣と関係あるかどうかもわからない。

それでも一番は、高槻に相談することだろう。

スマートフォンを手に取り、アドレス帳から高槻の番号を選び表示させたところで指が迷う。

こんなことで、相談していいのだろうか。

手紙とスマートフォンを手にリビングへ急ぎ外を見る。

日曜日の夜から怪しくなっていた天気は、夜更けにつれどんどん暗くなっていきついに雨が降りだしていた。

大きな雨粒が地面を叩く音が聞こえるほど激しい振りかたに、そういえば線状降水帯がどうのと天気予報が言っていたなと思いつつ咲良は顔を曇らせる。

というのも、天気が崩れると事故が多くなり、結果、救急も忙しくなるわけで――。

長い列に並んでやっと乗ったタクシーで家に帰り着くと同時に、明日の午後まで帰れないかもと連絡が来ていたことを思い出す。

焦りつつテレビを付ければ、ちょうど交通事故のニュースをやっていて咲良は唇を噛む。

立体交差道路の下部分で車が五台も玉突き事故を起こしていて、トラックが絡んでいたこともあり重症者が数人出ている。

救急車で搬送された模様です。と平然とした顔でニュースを読み上げるキャスターとは裏腹に、咲良の気持ちは大きく揺れる。

知らせるべきだ。いや、知らせて仕事の邪魔をしてはいけない。

彼は医師で、人の命を救うのが仕事で、そんな彼の手を待っている患者は沢山いる。

そんな中に、カッターの刃が入れられた手紙を受け取ったという些細《ささい》な嫌がらせを伝え、不安にさせたり、咲良の事で気を遣わせたりするのはどうだろう。

——いいのか悪いのかわからない。こういうことをどこまで相談すればいいのか、付き合った男性は生まれてこのかた高槻一人だったこともあり、咲良は自分の考えが正しいかどうかの基準がよく理解できてない。

普通ならどうするのだろうか。

(まずは警察、のほうが妥当かな)

その方がいい。空き巣と関係ないとも言い切れない以上、プロに相談することは重要だ。

そこで意見を聞いて、問題なさそうなら、こんなことがあったけど、警察に任せたから大丈夫ですと報告したほうが、彼も安心して仕事に打ち込めるだろう。

タクシーを呼ぼうとするも、雨が激しいためかなかなか繋がらない。それに繋がったとしても時間的に来るまで結構かかるだろう。

だとしたら、明日、大学に行って、勤務の帰りか、怖かったら昼休みから時間給を貰《もら》ってでも、警察署に行けばいい。

「大丈夫、家から出なければ怖いことはない」

怯みがちな自分の心に言い聞かせる。

このマンションはセキュリティーが高く、コンシェルジュもいるため、住民が許可しないと親戚でも中に入れないようになっている。

大学までは徒歩だが、朝は学生や出勤する人で道は無人になるところがない。

更衣室や大学構内を歩くのは怖かったが、そこも死角という死角はない。

館内案内や、頼まれた予約本を取るためカウンターを離れる事が多いので、手紙を入れる隙はありそうだが、咲良に危害を加えることは無理そうだ。

そこまで判断し、うん、大丈夫ともう一度自分に言い聞かせつつ咲良はパジャマに着替える。

そうして、少し迷った後で自室ではなく高槻が主に使っている寝室のベッドへ潜り込む。

(早く、雨が止《や》むといい)

明日になったら大丈夫、一人でも大丈夫。問題はないと自分に言い聞かせつつ、咲良はきつく目を閉じた。


翌朝、降水帯が通り過ぎたのか外はまだ曇りがちであるものの、雨は大分おさまっていて、マンションから道路を見れば、赤や黒、子どもの差す黄色といった傘の鮮やかさが少しだけ心を和ます。

警察署には昨晩連絡しておいたので、行けばすぐ話がつながるようになっていたが。

（あんまり、眠れなかった）

ぼんやりする頭をはっきりさせたくて、いつもの倍の濃さでコーヒーをドリップする。それにどれほどの効果があるか分からないが、苦みで少しは目が覚めるだろう。

できるだけ平静に、慎重に朝の準備をし、朝食もしっかり取った咲良は、ビニールに入れた手紙をバッグの底に押し込もうとして手を止める。

携帯電話の残量を確認しようとして、通信と通話の両方に着信があるアイコンに気付く。

（しまった、昨晩、バッグの中身を片付けかけたまま放置してたから）

慌てて残量を確認すれば、ほとんど残りがない。

急いでケーブルをつないで、通勤中に持つようにしておけば、職場に行けば充電する器具がある。

だけど、できるだけ落ち着いてと行動していたのが台無しになって、自分のうっかりさに髪を掻《か》き上げ額を押す。

「本当に、なにやってるんだか」

通知は予想通り高槻のものだけで、飯くった？　から、時間が経つにつれ、大丈夫か。雷が怖いのか？　と案ずるような調子になっていた。

しまいには、いつでもいいから電話しろ。とメッセージが残されていたが、素直にかけようとして、緊急対応中だったら困ると思い直す。

ひと息ついて、それからメッセージを打ち込む。

――疲れてすぐ寝てしまったみたいで。心配かけてごめんなさい。

ウサギが平謝りするスタンプを送信しようとした瞬間、着信音が鳴り、驚いた咲良は電話を取り落とす。

「わっ、わ……ごめんなさい！　大丈夫！」

『それはこっちの台詞だ。……よかった。無事そうで』

「ごめんなさい、心配をかけてしまって。仕事に差し支えたりとかしてない？」

そうだったらすぐ切ろうと考えつつ問えば、相手はソファかなにかに寝転がったのか、どさりと仰向《あおむ》けになった物音を響かせた後に続けた。

『今は大丈夫だよ。個人用の当直ユニットで休憩中』

「朝まで大変だったでしょう。昨日、事故があったから」

そろりと咲良が尋ねると、まあな。と短く帰って、その後に溜息が続く。

『それより、なにがあった？　声が浮かないぞ』

言われ、面食らう。と、同時にこの人にはかなわないなあと思わされる。

横目でちらりとカバンを見て、その底に沈んでる封筒を見てと繰り返してると、高槻がとんでもないことを口にした。

『顔を見ないと話せないなら、今すぐ仕事を放置してそっちに行く。動くなよ』

「わっ、わかった。わかったから！　話すから、仕事は放置しないで！」

根が真面目な咲良としては、待っている患者がいるかもしれないのに、それを放置してほしくはないし、仕事より女を優先したと高槻が悪く言われるのも嫌だ。

観念しつつ髪を掻き上げれば、知らず吐いた長い溜息の後に咲良はぽつぽつと説明する。

『なんだよそれ！　悪戯じゃなくて犯罪だろう。一歩間違えば咲良が怪我したっていうのに』

憤慨した声に気圧《けお》されるも、咲良はずっと胸にわだかまっていた一言を口にする。

「心当たり、ある？」

『……ある』

数秒の沈黙の後、だがしっかりと肯定されてやっぱりと思う。

『だけど俺は咲良以外に気を持たせたことはない。絶対にそれは誓える』

「そこは疑ってないよ」

即座に言い返した後で、彼の愛情を疑ってないと答えたも同然の事に気付き声を詰めれば、わずかに和らいだ様子で高槻は続ける。

『それは多分……』

心当たりを述べようとした時、前触れもなくドアが開く音がして、高槻先生、救急車現着、あと七分！　との声が被さる。

「あっ、い、いいよ。今から大学に行くからそれからでも」

『ダメだ。休め。……今日は家にいろ』

「そういう訳にはいかないよ、先週末も有休を使ったばっかりだし」

実のところ、年度初めに貰った有休はまだ一日使っただけでたっぷり残っていたが、具合が悪い訳でもないのに、今日電話して今日休みますとはとても言えない。

『咲良、それは……いや、わかった。だけど、この電話を切ったらすぐコンシェルジュに電話してタクシーを呼ぶからそれに乗れ』

「う、うん……ごめんね、手間を掛けさせて。それじゃ」

電話越しに近づいて来る救急車のサイレンが聞こえ、咲良はあわてて通話を切ってバッグにしまう。

お前な、と呆れたような怒ったような声が聞こえたのを気のせいにして、咲良は慌ただしく出勤の準備を済ませて家を出る。

エレベーターを降りると、玄関の自動ドアの向こうにはもうタクシーが来ていて、コンシェルジュがにっこりと笑いつつ案内するので、断れないままそれに乗る。

道は、昨日の夜ほどではないものの、雨が降っていることからそれなりに混んでいて、徒歩の倍以上時間を食ってしまった。

――遅刻してもいいから、救急に顔を見せろ。というメールが届いているのを見て、心配性だなあと思いつつ、会えればお互いに安心して仕事できるということもあり、大学病院の正面入口に止まったタクシーから降りて、そちらへ歩いていた時だ。

「桜庭さん？」

コンビニと救命救急棟の間の死角に入った途端呼び止められ、ぎくりとして振り返る。

見れば、赤い花柄の傘を差した女性医師が白衣の裾を揺らしながら近づいてきて、ああ、病院の医師かと思い立ち止まる。

というのも彼女が提げていたバッグから、図書館の本とおぼしき透明フィルムをかけた本が見えたからだ。

（早く受け取らないと、濡れちゃう）

度々、顔見知りの医師が、これもついでに持っていってと呼び止めることがあった咲良は足を留め、本を受け取ろうと待つ。

だけどいつまでたってもその医師は本を出そうとはせず、顔にかけるように傘を斜めがけしたまま、カバンに片手を突っ込んで咲良の目前まで歩いてくる。

「話があるのだけど」

すこし甲高く、どこか神経質さを感じさせる急いた口調にあれっと思う。

よく見れば白衣の肩や腕もどこか皺寄っていて、畳んでいたのを取り出したようだ。

普通、白衣は個人所有のものでも病院一括でクリーニングしているから、朝からこんなにくたびれていることはない。なにより、サイズが合ってないのか走ってきた時に跳ねた泥水が裾の方にかかっている。

おかしい、なにかが変だ。

かすかな違和感が頭にひっかかり、それはやがて黄色から赤へと変わり、明滅する警告灯のように頭の中で瞬く。

ごくりとつばを呑んで相手を観察すれば、おかしいところは他にもあって、大学病院に勤務するものなら医師といわず事務員といわず着けているＩＤカードがまるで見当たらない。

出勤途中かとも思ったが、それなら白衣を着ていること自体がおかしいし、汚れや皺をまるで気にしていない様子なのも変だ。

それに傘から覗《のぞ》く口元の赤い唇と、耳から下がる大ぶりのイヤリングは、医師ならまず身に付けない派手さで。

そこまで気づき、慌てて背を向けようとしたが阻《はば》むように傘をぶつけられて驚く。

「警告したのに、まだ敬真くんの家に居座ってるのね。この泥棒猫」

なんとも時代錯誤な悪口だが、それも彼女が送っただろう警告――カッターナイフの入った手紙という古典的な――を考えれば、あり得るもので。

「貴女《あなた》、誰ですか」

逃げる隙をうかがうも、このまま背中を見せてなにかされるのも怖く後ろに下がる。

背後には運悪く大きな水たまりがあって、刷いていたパンプスの踵《かかと》から雨水が染みこんだ。

その冷たさと喜色悪さに顔をしかめていると、正体不明の女性は、薄く唇を歪《ゆが》めつつ嗤《わら》う。

「北浦香奈恵《きたうらかなえ》……いいえ、高槻香奈恵だった女、と言ったほうがいいかしら？　それすれも敬真くんから聞いてないの」

おかしそうに、咲良を嘲笑《あざわら》う様子を隠しもせず香奈恵が含み笑いし返事を待つ。

高槻香奈恵だった、という台詞と、高槻を〝敬真くん〟と年下扱いで呼んだこと、なにより、彼に女性の兄弟はいないという事実から一つの存在を思い出す。

――義理の姉。

自殺未遂を繰り返しては、高槻を呼び出し――結果、咲良に別れを選ばせた元兄嫁だ。

そんな彼女がどうしてこんなところに、そしてどうして高槻と咲良の別れを望むのかわからず混乱していると、彼女がそれまでの笑いを嘘のように引っ込め、きつい口調で告げた。

「早く敬真くんと別れてくれないかしら。彼は私と結婚するの。そうしなければならないの」

「そうしなければならない……？」

まるで男女の関係にあり、子どもを妊娠しているのかと錯誤しそうな台詞に軽くショックを受けるが、すぐに違うと思い直す。

高槻はそんないい加減な男ではない。

だれにだって、とくに咲良には殊のほか誠実で、真面目で、なににつけても一途な人だ。

他に相手がいるにも関わらず他の女に、しかもとうに縁が切れている元義姉になんか関わったりはしない。

第一、彼はすでに咲良の両親にも会っており、結婚を前提としたお付き合いを願う。とためらいもなく言い切った。

だから咲良は相手が嘘を言っているという確信のままに言い返す。

「そんなはずはありません。敬真さんが貴女になにを言ったかは知りませんが、私に、そして私の両親に言った言葉も、そこに含まれた思いもわかってます」

きっぱりと言い放った途端、香奈恵が顔を醜悪なまでに歪め、唇の端をひきつらす。

相手が咲良に打撃を与えたように、咲良の言葉も相手に打撃を与えたのだと気づき、言い過ぎたかと思っていると、香奈恵の手には事務などでよく使うカッターが握られていた。

引きつる悲鳴が喉奥で潰れ、苦しげな呻きとなって口から漏れる。

雨脚は一気に強くなっていて、通勤に急ぐ人はもちろん患者もこちらへは来そうにない。

そもそも、救急棟に歩いてくる患者など、会計窓口が閉まった時間を過ぎなければまずなく、すぐに到着しそうな救急車もないことは、辺りの静けさからわかっていた。

逃げたいのに足がすくんで動かない。あれで傷つけられても死ぬことはないだろうが、痛い思いはするだろう。

相手の考えが読めない恐怖に息を詰めていると、香奈恵がそれみたことかというようにまた薄く嗤う。

「貴女、十二年も経つのにまだわかってないのね。……だったらはっきりと教えてあげる。敬真くんは貴女なんてどうでもいいの。彼女だと口で言ったとしても、結局は私が」

そこで言葉を句切り香奈恵は握っていた傘を捨て、カッターの刃を五センチほど出して、雨に濡れ水が滴る自分の手首にあてがう。

「こうして、手首を切れば、誰より一番に駆けつけてくれる。どんなことをしても」

恍惚とした口調で言われ、咲良はまるで反論できない。

実際にそうだった。十二年前も、デート中であれ一緒に下校している時であれ、彼女の電話が入るとすぐに、高槻は走り去っていった。

――だったら、今度もそうなるの？

足下に穴が開き、そこに落ちて行きそうな感覚に目眩を覚えた時だった。

「やめろ！」

吠《ほ》えるような男の声が背後から掛けられ、ついで雨音を跳ね上げながら駆けつける足音が響く。

ダークグレーのスクラブを着た高槻が白衣を閃《ひらめ》かせながら咲良を庇《かば》うように前へ割り込み、同時に腕を突き出し香奈恵の手首を掴《つか》み上げる。

「やだっ！　何するの、敬真くん！　痛い！　痛いってば」

自分を傷つけることにはためらいがなかった香奈恵も、他から痛みを受けるのは嫌なのか、身を捩り顔を歪めつつ高槻を非難する。

だが高槻は手を緩めるどころか、より上に掲げ、香奈恵の手を握る指に力を込めつつ吐き捨てた。

「ふざけるな！　誰が、もう、アンタのいいなりになるか」

周囲に響く怒号を響かせ、高槻は香奈恵を叱りつける。

「悪いがな、俺は、自分の命を人質にして他人を意のままに操ろうとするアンタみたいな人間が、一番嫌いなんだよ！」

ひと息に吐き捨てられ、香奈恵が目を丸くし唇をわななかす。

「嘘よ、来たじゃないの、こうして……」

「お前が怪我しようが自殺未遂しようが、命に関わらない限りどうでもいいが、咲良は違う。彼女には絶対、指一本触れさせない」

いくぶん落ち着いた調子で高槻が言うと、香奈恵はまるで化け物のような奇声を上げ暴れだす。

「ッ……！」

「敬真さん！」

雨の中に赤い血の線を引きながらカッターが舞う。

香奈恵の手を離れた些細な凶器は、空中で何度か回転したのちに見当違いな方向へ飛んでいってしまう。

そこまで来て異変に気付いたのか、救命救急棟の中から出てきた看護師や医師が警備員を呼ぶのが耳に入り、長いような短いような空白を経て紺色の制服を着た男三人が駆けつける。

「大丈夫ですか。高槻先生」

警備員の二人人が香奈恵を押さえたのを見て、もう一人の、他より年配らしき中年の警備員が問う。

「この方は」

「義姉《あね》よ！　敬真くんの……」

背後から声を張り上げる香奈恵を余所《よそ》に、高槻は咲良が濡れないように気遣ってか、自分の白衣を脱いで咲良の頭から肩に掛け告げる。

「他人です。まったくの」

きっぱりと告げると、警備員は二人の間で困惑の表情を見せる。が、高槻はすぐに続けた。

「というより、ストーカーで困っています。警察には話してありますので、通報してください」

高槻が伝えたのを切っ掛けに、警備員は腰にある縄に手をかけ香奈恵の方へ向かう。

素っ気ないを通り超し、冷淡な態度を見せる高槻に香奈恵は目をつり上げていたが、縄をかけられたのと、周囲に人が集まり逃げられそうにないことで観念したのかうなだれた。

「……け、敬真さん。手！　手の甲」

ふう、と溜息をついて雨に濡れ張り付いた髪を掻き上げていた高槻は、咲良の言葉に動きを止める。

「ん？　ああ、これか？」

言いつつ手の甲に走る赤い線とそこから流れる血を見る。

雨で滲んでいるのもあるが、手の甲の半分が赤く染まっている。

「水で薄まってるだけで、見た目ほど酷くないし、これなら別に……」

「そんなのわからないじゃないですか！　いいから、黙ってこっち！」

彼が怪我したことで動揺した咲良は、そのまま高槻の腕を引っ張りながら救命救急棟の中へ入っていき、完全に裏返った――混乱のほどが周囲に伝わる声で、急患です！　と叫び上げた。


高槻自身が判断した通り、怪我はまったく大したことはなかった。

縫うどころか、包帯を巻く必要すらなく、ガーゼの上から医療用防水テープを張られただけで終わってしまった。

初療室ではなく医局で手当をしてくれたそこの主――医局長は、呆れたような微笑ましそうな半眼で傷を見て、看護師に「消毒して、一番大きいガーゼと防水テープでドレッシングしてやれや」と伝え、自分はコーヒーを用意しつつことの経緯を高槻から聞いていた。

高槻の義姉――いや、元義理の姉だが――の香奈恵は、浮気が原因で高槻の兄に離婚された上、子どもも自己有責の離婚かつ精神状態が不安定と判断され親権を取り上げられた。

駄目押しに、数年前、高槻の親が経営する病院が主な取引先であった医療薬品卸の実家が経営破綻してしまい、今までより格段に貧しい暮らしを余儀なくされた。

が、かつての暮らしぶりを、若院長の奥様と呼ばれちやほやされ、その上、欲しいものはなんでも夫のカードで買うという散財をしていた頃を忘れ切れず、高槻の兄につきまとうようになり、果てには裁判を起こされ、ストーカーとして兄と子どもへの接触禁止令を出されてしまった。

そこで諦めればよかったものの、香奈恵の富や名声への執着はすさまじく、矛先を高槻に変えてつきまといだしたのが去年。

前の大学病院でも香奈恵の姿を見かけるようになったこと、そして咲良がいるらしいと耳にした高槻は、地元から離れた東京にある今の聖心大学病院に転籍し、それからしばらくは姿を見かけてなかったので、諦めたものと思って居たようだ。

「咲良に声を掛けづらかったのも、まあ、少し、いやかなり義姉を警戒していたこともある」

治療が終わった手で頬を掻きつつ、高槻があらぬ方向を向く。

「いやあ、執念だな。ストーカーだから執念がなきゃダメだろうが。いや、あっちゃダメか」

コーヒーを飲みつつ医局長がいい、まあ、そうだろうなあとぼやく。

かつて香奈恵は、高槻に、浮気したのは高槻の兄で、離婚されそうだから助けてほしいと嘘をついた。

その上で自殺未遂することにより、〝自殺を考える人間が嘘を吐くはずがない〟と、高槻に信じ込ませ、あんな状態の義姉を離婚して捨てるなんてと家族を説得させていたことに目を付け、同じ事をすれば、兄とよりを戻せると考えたらしい。

だが、そんな兄にもいい人が現れ、再婚の話が進んでいるのを耳にし、今度は、高槻自身と結婚すればとあがいた結果ではないか――と。

咲良の家の空き巣も、高槻の行動を探る中で留守を知り、警告と嫌がらせでやったようだ。

「もう、どこをどう理解すればいいのか、わかりません」

はーっと大きく溜息を吐きながら咲良が感想を漏らすと、高槻が眉間を寄せつつうなずく。

「冷静に考えたらそうなんだけどな。高校生の頃の俺はまったく分かってない馬鹿だったから」

「いや、高槻が馬鹿とかそういう次元の問題じゃないと思うぞ」

咲良と同じく呆れてた医局長が鋭く突っ込むと、実は薄々そうかもと思ってた、と高槻は安堵した調子で息を吐く。

もとより正義感が強くまっとうな高槻は、未遂とわかっていても人を見捨てるのはそれなりにきつかったのだろう。

「ともかく、警察も動いてくれてよかった。……高槻も、桜庭さんも、今日は帰って休め。現場はなんとかするから」

「でも」

「俺は大丈夫です」

二人同時に言って、顔を見合わせ気まずく反らす。

「仕事馬鹿カップルか！　真面目か！　……っていうか、桜庭さんも落ち着く時間は必要だし、高槻はその手で手技《しゅぎ》できないから、いるだけ邪魔だろ。診断書書いて出しとくし、図書館には俺が話をつけとくから、休め休め」

しっしっ、と手を振りつつ言われ、赤面していると、こっそり物陰からこちらを伺っていた看護師やら研修医やらが、小さく拍手をする始末で。

結果、二人してその日は早退することになった。


裏の駐車場に止めてあった高槻の車で家に帰る。

話していた時は興奮で平気だったが、思うより濡れた身体は冷えていて、玄関をくぐるなり二人でくしゃみしてしまった。

帰宅する途中に、図書館長の女性課長からＳＮＳで〝桜庭さん、今日だけでなく明日も休んでいいから！　そんなに大変なことがあったなら、ゆっくり慰めてもらいなさい！〟と、妙に熱っぽい上、ハートマークのスタンプまでついたメッセージが入り恐縮する。

思えば、課長の机の上にはいつもロマンス小説が置いてあり、昼休みに没頭して読んでいたなと思っていると、濡れて咲良の額や頬に張り付いていた髪を優しく払いながら高槻が言った。

「先にシャワー浴びて温まれよ」

言われ、あわてて手を横に振る。

「や、そこは敬真さんが先に」

怪我させた上に風邪まで引かせては、休みをくれた医局長に申し訳ない。

そう考えていると、高槻も同じ考えだったようで、図書館業務は休めないだろうと言う。

「ダメです。風邪ひいて、患者さんに伝染させたら大変」

「大げさだな……これぐらいでは……」

いいかけ、ふと高槻は口を閉じ、待てよという表情をした後に口端を上げて笑う。

「そうだな、咲良が一緒に浴びてくれるなら、いいけど？」

「いっ、いっ……一緒にってシャワーをですか」

「当然。……この手だと髪も洗えないし、不便だろ」

運転中は邪魔だから取ってしまおうか。とか言っていたのを棚に上げ言われ、咲良はむうと膨れつつ頬を染める。

確かに高槻が言うことは一理ある。

全治を数えるのも馬鹿らしい、と医局長が言ったほどの軽傷だが、傷口からばい菌が入る可能性もゼロではない。

なにより、咲良を守っての負傷なのだからそれなりに責任も感じている。

「変なこと、しなきゃいいですよ……」

「それは約束できない」

生真面目な顔で断言され、絶対にする気でしょ。と思っていると、善は急げとばかりに高槻が背中を押して咲良を歩かせる。

みるみるバスルームに追い込まれ、ちょっと、待って、と声をあげる咲良をあえて無視し、酷く上機嫌でシャツのボタンを外しだし、あっという間に裸に剥かれてしまう。

「ちょっ、ちょっと……恥ずかしいからバスタオル！」

「シャワーだからすぐ落ちるぞ。洗い物が増えるだけ。諦めろ」

そこで諦めても恥ずかしさが収まるはずもなく、勢いよくTシャツを脱ぐ高槻に悲鳴を上げる。

「きゃっ」

「ほんと、罪なぐらい可愛らしいな。……これぐらい、もう何回も見ただろう」

と言われても、相変わらず目のやり場に困る。

とくに今日は雨で濡れた前髪が額に落ち掛かっている上、張り詰めた筋肉の上を雨粒の名残が伝うのが妙に色っぽくてあてられるのだ。

覆った手の隙間からチラチラ眺めていると、堂々とみればいいだろう。と言われ、言葉より堂々とズボンを下ろされ、また小さく悲鳴を上げる。

「今日ぐらいは、ずっと、離れずにいさせろ」

そこだけ拗ねたような表情かつ妙に真剣な口調で言われ、心配してくれたことに胸を高鳴らせば、相手は咲良の腕を取って自分の心臓の上に手の平を当てさせる。

「今日はもう、心配したり、苛立《いらだ》ったり、驚いたり、煽られたりで、ずっと動悸《どうき》がしっぱなしなんだけど」

「う……ごめんなさい」

「だったら、責任をとって治療してもらうしかないな」

にやりと笑われ、口ごもっていると、あっというまに唇を奪われてしまう。

角度を変え、確かめるように何度も触れるだけのキスが繰り返される。

安心させようとするいたわりに満ちたキスは、すぐに存在を確かめるように押し当て、唇を甘噛みするものへと変わり、二人は言葉もなくじゃれ合い、互いに口づけしあう。

そのまま縺《もつ》れるようにシャワーブースへ入り込み、一気にコックを捻《ひね》られればすぐお湯が出て、もうどこにも逃げ場はなくて、逃げる気もなくなっていて。

湯気と水滴に満ちたガラスのシャワールームの中、肌を火照らせ、息を上げながら互いの身体を寄せ合い、撫で、口づけする。

あっというまに身体がお湯を被った以外の理由で熱を持ち、濡れる身体が滑る手がいつもと感じが違うのもまた気分を上げて、二人はだんだん求め合い、感じだす。

形のいい額を撫で髪を後ろにやっていつもと違う感じの高槻に見蕩れては、頬から鎖骨まで指先を滑らせ、女とは違う鋭い輪郭や張り詰めた筋の在り方に感嘆する。

かと思えば強く抱き寄せられ、脈打つ胸板の厚さや肩の硬さから体格の差異を思い知らされ息を詰める。

へその上にはもうすでに高槻のものが当たっていて、身動きするたびにくじられた場所から子宮へと刺激が飛んで、ずくずくと甘く疼く。

「はぁ……ぁ、ん……ッ、ぅ」

吐息をこぼし、悩ましげな淡い媚声が鼻腔を抜けていくのがどうにもできない。

高槻はボディソープを出して咲良を抱き締め、肩から腕、腰へと手を滑らせていく。

わずかに林檎《りんご》の香りが混じったグリーンノートが二人の間で弾け、肩や腕から垂れたソープ液が肌を滑り身動きごとに泡だつ。

ぬるぬるとした感触は最初こそ異質に感じたものの、すぐに互いの肌に馴染み滑りの良さとなって官能を煽る。

濡《ぬ》れ髪《がみ》をかき分け後頭部に当てられた手に力が込められると、開いた口同士が隙間なく密着した。

高槻はそのまま舌を口蓋へすりあわせるようにしながら、奥まで含ませ、閉じようとする咲良の歯列を丹念になぞり舐めだす。

男の舌は、驚くほど熱く、ぬめっており――そして硬かった。

出し入れされる動きの淫靡さが下肢での交合を想像させ、恥ずかしさに顔を背けようとすると、奥歯の付け根を舌先でぐにぐにと探られ、顎に力が入らなくなる。

そうなるともう駄目だ。

開いた歯の間を自在に舌が通り抜け、頬の柔らかい部分を突かれ、ねっとりと舐め回されていくたびに、理性までもを舐め溶かされてしまう。

含んだものを呑み込むことも押し出すこともできない口腔は、瞬く間に唾液を溢れさせ、くちゅぬちゅという濡れ音を伴い二人では狭いシャワールームを淫らな空気で満たす。

「んっ……ぅ、ふ」

背に当てられてた手で身体を押しつけるようにして揺さぶられると、柔らかい乳房が泡を纏いながら形を変える。

尖りだした尖端が彼の張り詰めた胸筋で擦り、潰され、なんとも言えない快感を生み出す。

――膝が震え、感じるごとに曲がっていく。

身体を抱き締める力は強く、少し苦しいぐらいだったが、この甘美な締め付けから逃れたいと思えない。

　このまま崩れ落ちることで高槻の身体から離れてしまうのが切なくて、咲良も彼の背に回した指に力を込めた。

　だけど石鹸を纏う肌はまるで咲良をからかうように滑り逃げ、もどかしさのあまり、ついに爪先立てば、背を支えていた高槻の手が背筋を滑りおり、尻の膨らみに至るや否や鷲掴んで持ち上げる。

「んんっ、ぅ……！」

　ぐいと腰を引き寄せられた途端、へその上を抉っていた屹立の先が子宮の上を押し、咲良は背をしならせる。

　急な動きにほどけた口から、うろたえた女の声が飛び出す。

　水さえ入る隙がないほど互いの胸が密着し、硬と柔の違いを伝え合う。

　それだけでも胸がときめくほど悦いのに、彼はそのまま上下に咲良を揺さぶって、胸板と男根で女の柔肌を容赦なく抉る。

　石鹸の滑りを借りて、身体を勢いよく動かし揺さぶられ、咲良は未知の感覚に翻弄されてしまう。

　皮膚に埋もれる最奥地に擦り付けたいという欲求を表すように、高槻は無我夢中な様子で咲良の恥丘上部に尖端を押しつけ擦っていたが、勢い余ってぬかるみ出した足の狭間《はざま》に先が入る。

雄を太股で挟んだ格好のまま秘裂も淫芯も構わず、足の狭間を精悍《せいかん》に摩擦され、咲良は思わず声を上げる。

「ああっ……！　あ、あ、ぅんっ、……ッ……ぁああ」

ずっ、ずっ、と低く滑る濡れ音を響かせ、男根が秘裂の上を行き来する。

それは得も言えぬ感覚で、咲良の中はたちまちにほぐれ蜜を滴らす。

石鹸とも淫蜜ともつかぬものでぬめり滑るごとに、男の屹立は硬く、熱く、大きく育ち、まるで悍馬《かんば》のように抜き差しするごとにぶるんと震えるのがいやらしい。

愉悦は生まれるごとに骨の髄まで響いて弾け、徐々に理性が混濁し、ただただ相手を求める本能だけが脳裏を塗りつぶしていく。

シンプルで強い衝動のまま抱き合って、互いの身体を擦り付けるうちに、どちらの身体がどちらのものかわからなくなっていく。

ぐいっ、と亀頭の段差で淫芽の部分を強く擦られ、咲良は何度も甘く掠れた喘ぎを漏らし、胸の鼓動をとどろかす。

頭の中がもう高槻のことで一杯で、彼と繋がることだけしか考えられない。

なのにまだだと言いたげに激しく舌を絡められ、尻を掴む手をほとんど陰部近くまで下ろし指先で絶え間なく刺激を与えながら、高槻は咲良を感じさせる。

「あっあっぁ、あ……ぁぁ」

うろたえた女の声が反響し、聞こえる。

自分がこんな声を出せることが恥ずかしく、そして少しだけ誇らしい。

求めてくれる相手がいることが、こんなに満たされ昂ぶることだなんて、高槻に抱かれるまでまるで知らなかった。

一秒ごとに幸福と降伏のシグナルを明滅させながら、咲良は与えられる快感に陶酔した。

乳首も淫芯ももう限界なほど張り詰め膨らみ、最後の瞬間を待ちわびる秘唇が蜜にまみれながらひくひく震えわななく。

その動きは男にとっても堪《たま》らないものだったのだろう。高槻が艶に満ちた吐息を漏らし動きを止めた途端、咲良をくるりと裏返してからボディソープの棚から正方形のアルミパッケージを取り出す。

「ダメだ……我慢できない。挿入させて」

切羽詰まった低い声で言われ、咲良は自分から手を壁につけて震える尻を相手に向け、肩越しにこれでいいかと振り返る。

すると高槻は形の良い喉仏を隆起させながらつばを呑み、慌てた様子で皮膜をつけ、その先を咲良の秘裂にあてがう。

ものも言わず、いや言う余裕もなく性急に貫かれる。

だけれど嫌ではない。どころか強く激しく求められているのがわかり、いつもより興奮する。

ずぶ、と音をたてて沈んだ先は半分ほどゆっくり沈んだ後、一気に奥処まで押し込まれた。

「んぅううっ！」

思わず背も首も仰け反らせ、濡れ髪さえ跳ねさせながら咲良は衝撃と愉悦の激しさに弓なりとなる。

待ち望んでいた剛直を受け入れた膣は、淫らに収縮し、押し込まれた欲望の熱さと硬さに刺激され歓喜にうねる。

「っ、く……ッぅ」

吐精を堪えた男の低い声が脊髄を震わせ、脳をしたたかに愉悦で酔わす。

尻を掴んでいた手はもう腰に移動しており、それから滑るようにへその上で指先をそろえ、そのままぐうっと下腹を押す。

「んっ、あ！」

信じられないほどまざまざと、中に含む高槻のものを感じてしまい、咲良は目をみはる。

「ここ」

とん、とん、と恥丘の始まりあたりを指先で弾きながら、高槻が咲良の耳に唇を寄せ囁く。

「ここまで、俺が入ってる」

小さく嬉しげに笑われ、そうなんだと視線を下へやれば、はしたないほど広がり、男を咥えた交合部が目に入り、咲良は羞恥に身悶えした。

なのに高槻はそのまま動かず、思わせぶりに下腹部を指で叩き、撫で、そうする一方で空いた手で乳房ごと尖端を弄りまわす。

それだけではすまず、ついには耳殻にかぶりついて、甘噛みしながらくちゅくちゅとわざと音を立てては舐めしゃぶる。

外からも中からも、聴覚までもを快感に犯されて、咲良は身体が過剰に反応してしまう。

爪先だっているからか、ふくらはぎから太股までもがびくびくと痙攣し、壁に突いた手もわななき震えた。

「ああ……すごくいい。このまま俺のが溶けてしまいそうで」

唇を震わせ声なきまま喘ぐ咲良をかき抱き、感じ入った声で高槻が言う。

同じ気持ちを共有していることで、身体はますます感じるようになってしまい、含むものの熱や硬さだけでなく形や脈動までもを膣で知る。

どろどろになってしまいたい。このまま。

そう思い、壁へ爪をたて振り返れば、高槻が甘く蕩けた笑顔を見せ咲良の唇を優しく奪う。

「訳がわからなくなるまで愛し抜きたい。このまま一つに溶けるほど」

切なく苦しげに囁かれ、咲良は同意しているのか感じているのかわからないまま、何度も首をふりしだく。

するとに腰にあった手に力が籠もり、女の柔肌に男の指が沈む。

二人をもどかしくさせていた石鹸の泡はとうに湯で流れてしまい、ただ熱く透明な水だけが二人の肌を濡らしていた。

だけどそれも長くない。

突然始まった激しい抽挿に身を仰け反らせれば、のし掛かる高槻の胸に咲良の背が完全に添い、水さえかき分けながら互いの肌を重ね擦る。

「あっ、あっ、あっ……ああっ、あ……ぁ」

肉唇を巻き込む勢いで突き動かされ、奥処を引き延ばすように突かれ、咲良は身を捩るようにしながら爪先立って、彼の動きに腰をあわす。

始めこそ不協和音が起こったが、すぐに二人の肌打つ音は完全に一つとなって、水しぶきを上げながら性への謳歌《おうか》を奏で上げる。

理性の葛藤などもうなくて、腰に沈む親指とは別に子宮の場所を押す指のリズムが中まで響く。

外からも中からも子宮口の場所を刺激され、女の身体は簡単に屈服してしまう。

「ああああっ、ああっ、あっ……あんっ、あっ、ん」

鼓膜が震えるほどの達き声を放つも、雄の動きはまだまだ止まらず、穿たれるごとに絶頂の狭間を行き来した。

まぶたの裏で火花が散り、頭の中が真っ白になってなお、繋がる部分は生々しくリアルで、ここが命を生み出す場所だと二人に教えるように、互いの性がびくびくと疼いていた。

震えすぎた太股はもう感覚がなくなっているのに、その奥にある秘部だけが燃え立つように熱く、悦い。

「気持ち、いい。……敬真さん、好き、大好き」

あまりの良さに決壊した理性を超え、素直な感情が唇から盛んにほとばしる。

その度に腰を使う男の動きは激しくなって、どんどんと奥処を引き延ばされ感じる場所に変化させられていく。

もうどこもかしこも悦すぎて頭がおかしくなりそうだ。

触れる場所も、繋がる場所も、絡む舌先どころか、互いの吐息が混じるのさえ、すべてが愉悦に繋がり研がれる。

限界を迎えた身体がびくびくと激しく痙攣しだし、ついに嬌声を上げることもできないほど咲良が感じきった瞬間、一際派手な破裂音が結合部から響き、わずかな痛みさえも快感としながらすべての限界を突破する。

全身が張り詰め震えた。

まるで壊れた楽器みたいにぶるぶると震え、反して内部の肉襞は男の吐精を誘う動きで収縮し絞り上げだす。

「う、あっ……咲良！　咲良ッ」

吠えるように名を呼んで、高槻が最後の一突きを押し込めば、完全に降りきった子宮口に尖端がぐいとめりこみ、同時に下腹部に添えていた指先が腹にぐうっと沈み込む。

もうどうしようもなく高槻の形を身体に覚え込まされながら、咲良が何度目になるか分からない絶頂を迎えた時、高槻もまた、激しく、淫らに白濁を皮膜ごしに女の体内にぶちまけた——。

エピローグ

極めすぎたのと、湯のぼせしたのとでぐったりした咲良は、バスローブ一枚であることも気にならないほど情事の余韻でぐずぐずになっており、立つこともできないままリビングへ運ばれた。

けれど完全に虚脱し、快感をまだ漂う身体ではソファに居ることもできなくて、そのままぺたりとラグの上に膝を崩して横座りとなる。

するとまだまだ余裕な高槻が、含み笑いをしながらバスルームからドライヤーを持ってきて、咲良の後ろにあるソファに座って、咲良の髪を乾かしだした。

心地よい温風に肌がなでられるのにうっとりとして身を任せれば、こら、と高槻が拗ねたように言う。

「そんな顔をしてたら、また襲うぞ」

「……それは無理です。限界すぎる」

「俺はいける。咲良はただ感じてるだけでいい」

そんな軽口を叩きながら、けれど無理させる気はないらしく、丁寧に髪をブラッシングしては温風をあてて丹念に乾かしていく。

すっかりさらさらになった髪を梳《す》いて摘まみ、口づけしながら高槻が口を開く。

「疲れが取れたら、外出しないか」

「外出？　どこにですか」

午後になって少し経っているものの二人とも昼食を取る気分ではないし、夕食にしては時間が早い。

一体どこへ行くのだろうと首を傾げて目を瞬かせれば、決まってるだろうと言わんばかりに額を突かれる。

「指輪を買いにいこう。この指に」

咲良の左手を持ち上げ、薬指の付け根に何度もキスを落としながら、高槻が続けた。

「今回のことで、嫌というほどわかった。……俺にはやっぱり咲良しかいない。咲良だけが生涯で唯一の女だって、痛感させられた。だから……俺と、結婚してください」

そこだけ願うように囁かれ、咲良の鼓動が大きく跳ねる。

「結婚、ですか」

「嫌とはいわせない」

逃げ道を塞ぎつつ、悪戯っぽく薬指の付け根を甘噛みされると、まだ身体にたゆたっていた快感の残滓《ざんし》が目覚めだす。

それを慌てて頭をふって散らしつつ、咲良は高槻だけを見つめ伝えた。

「私も、敬真さんだけ。ずっと、ずっと前からそうだった」

「うん、ありがとう。大好きだ。一生ずっと、嫌というほど幸せにするし、愛し抜く」

約束だ。と、確固とした調子でいわれた誓いは強く、咲良は、もう二度と二人が離れることはもちろん、交わされていくいくつもの約束が破られることがないと心から確信し、自分から初めて高槻に唇を重ね了承したのだった——。

あとがき

こんにちは華藤りえです。

ご縁がありましてまたルネッタブックス様で書く機会をいただけて、とてもうれしいです。

これも、ネットやお手紙で応援くださったり、こうして本をお手に取ってくださる皆様のおかげです。本当にありがとうございます。

今回はドクターと大学図書館の司書の恋物語です。

高校生の時に初恋が実って恋人同士になるものの、ヒーロー側のやむを得ない事情から誤解が発生し、別れてしまい――それから大人になって、思わぬところで再会してという話です。

個人的にはヒーローの大型犬っぷりというか、わんこっぷりが楽しく書けました。

ご主人様（ヒロイン）大好きが炸裂しつつも、大人の技も駆使して籠絡していくのを楽しんでいただければと思います。

イラストはカトーナオ先生に引き受けていただきました。

何度か組ませていただいてますが、ヒロインが凜としている感じがとても好きなので、表紙を受けていただけて本当に嬉しいです。

また、編集様や題字デザイン担当様などなど、この本を作成するのに携わってくださった多くの方々にも感謝しております。

なにより、この本を手に取って読んでくださる方々に感謝をお送りしたいです！

さて、この本が出る頃は新年ですね。一年あっという間でしたが、来年というか、この本が出る2025年は色々と新たなことを始めていけたらと思ってます。

とりあえず、ここ数年よりより沢山の作品を発表していけたらなと思ってます。

それから、お手紙やハガキでの感想、年賀状など季節のお手紙をありがとうございます！

大切に大切に読ませていただいております。

なかなかお返事が出せず心苦しいのですが、少しずつ、お返ししていければと思います。

ここまでお読みくださりありがとうございました！

（新たな年こそ体重をへらすぞともくろむ華藤でした）

華藤りえ

ルネッタ ブックス

元カレ救急医のひたむきな熱愛

きまじめ彼女は初恋から逃げられない

2025年1月25日　第１刷発行　定価はカバーに表示してあります

著　者　華藤りえ

発行人　鈴木幸辰
発行所　株式会社ハーパーコリンズ・ジャパン
東京都千代田区大手町 1-5-1
04-2951-2000（注文）
0570-008091　（読者サービス係）

印刷・製本　中央精版印刷株式会社

Printed in Japan
ISBN978-4-596-72167-9